Jeremiah Karlsson

Lösningen på Palmemordet

Roman

Tidig  rfattaren

Tystnadens ä ornas vän (2012)

Sorgens kammare (2014)

Protestanten (2017)

Ingen bryr sig om din fotografering (2018)

Kärlekens kedjor (2020)

Det som en gång var (2021)

Det här kan vara sista gången jag har kontakt med mina känslor (2023)

Vid din sida (2023)

Puritanien (2024)

Pojken utan fe (2025)

En ung socialarbetares anteckningar (2025)

© Jeremiah Karlsson 2025

Omslagsdesign: Jeremiah Björkman
Foto: Miniatiurn ph, Pexels Free to use

Förlag: BoD · Books on Demand, Östermalmstorg 1, 114 42 Stockholm, Sverige, bod@bod.se
Tryck: Libri Plureos GmbH, Friedensallee 273, 22763 Hamburg, Tyskland

ISBN: 978-91-8097-117-1

Detta är en roman. Alla personer och händelser är fiktiva.

Det är svårt det här, men jag beskriver mig helst som en nyfiken person. Nyfiken och vetgirig, det är två ord som stämmer in på mig. Jag är en öppen person, öppen för nya erfarenheter och ovanliga perspektiv. Samtidigt är jag också klarsynt. Vi journalister behöver mer än någonsin självkritik – och det är där jag kommer in i bilden.

Det kan låta klyschigt men mitt motto är ett citat som felaktigt brukar tillskrivas Voltaire: Jag delar inte dina åsikter – men jag är beredd att gå i döden för dem.

Jag är orädd, har framåtanda och ett hyggligt självförtroende vilket jag anser nödvändigt i branschen. Jag har ett namn som kunde göra mig ganska gångbar i den mer etablerade offentligheten. Ett namn som kommunicerar.

Smaka bara på Balder Vass.

Vem är då jag? Jag är 34 år och bor just nu ett par mil utanför en svensk stad tillsammans med en man som agerar bollplank åt mig i livet. Jonas Löfberg. En vän, en bekant, en livskonstnär. Han är en snäll individ som har sin familj inne i stan. "Jag bor i spenaten", brukar han säga. Det rör sig alltså om spenaten utanför Jönköping.

Var börjar man?

Förrförra sommaren bodde jag på en båt. Mina pengar brände jag på livskvalitet. Jag skattade inte ett öre. På grund av fiender som tipsade myndigheterna fick jag Skatteverket på halsen så rent byråkratiskt låtsades jag bo utomlands ett tag.

7

Men detta är ointressant. Mitt nya problem är min vän, min kompanjon Jonas, han som samtidigt är min sista livlina. "Du borde ta tag i ditt liv", säger han i mörka stunder. Högt nyhetsvärde! Han ingår numera i kören som sjunger samma melodi igen och igen. Jag säger till Jonas att han ska tagga ner det där snacket, för jag *försöker* – och jag *har* försökt. Jag försöker ständigt!

Jag har bott inneboende hos folk förut. Det brukar gå ganska bra i början. Min övertygelse är att jag skulle bli en utmärkt författare! Om jag har någon dröm i livet så är det att skriva böcker och leva på intäkterna från min egen penna. Det borde inte vara så svårt. Jag har förutsättningarna. Tid, dator, nyfikenhet – och en strömsladd.

Jag bor där datorn är. Jag är singel. Jag saknar en fast inkomst. Det är priset man får betala för att satsa på något utan garanti. Jag får skylla mig själv. Hade jag varit beroende av trygghet hade jag jobbat på något tråkigt jobb någonstans.

Jag textade barnfilmer efter folkhögskolan, men det var längesedan någon anlitade mig. Jag lever på donationer och gåvor eftersom jag har gjort mig ett namn på internet – som kriminalreporter.

Var ska jag börja?

Jag föddes i Umeå i nittiotalets barndom. Vi flyttade runt en del. Mina föräldrar skilde sig när jag var femton. Jag gick ut skolan i Jönköping. Jag reste omkring i världen efter gymnasiet och var sedan tvungen att bestämma en bana åt mig. Det var så jag blev journalist.

Det var det enda rätta. Jag är fruktansvärt nyfiken på livet, jag älskar livet!

Därför gör det lite ont att vakna i spenaten, att se regnet falla mot en fond av iskall tallskog, och se de grå molnen som är lika grå som persiennerna som jag inte ens tar i med tång.

Jag ligger kvar i sängen, plöjer kommentarer, nyheter. Jag äter ur Jonas kylskåp, pissar och slår igång teven där jag plöjer mer nyheter. Om jag känner för det läser jag fuppar och förhörsprotokoll. Om jag inte känner för det surfar jag omkring på diverse nyhetssajter för att om möjligt fånga någon ny idé.

Jag har redan många idéer. En av dem är den här romanen. Min kritiska känsla säger att ingen skulle stå ut med min närvaro under mer än tio, högst tjugo sidor.

Som sagt reste jag runt efter gymnasiet. Jag var överallt i Europa och jag var i Australien ett år. Jag spelade ibland gitarr på gatorna och tjänade pengar. Jag drömde om stordåd, om romaner, filmer som jag skulle skriva manus till. Jag hängde med olika vänner på den tiden. Jag värderade livskvalitet och blåste ibland folk på pengar. Jag hankade mig fram kan man säga, blev en mästare på konsten att snacka in mig.

Jag började närma mig trettio, och det fanns som ett tungt, talande regnmoln på min himmel som sa att man måste utbilda sig. Men det var inte ett så värst hemskt råd, det handlade bara om att välja något som var roligt att göra – "vad drömmer du om att göra?" var den viktiga frågan att besvara.

Nu är det som om spökena från den tiden har kommit ikapp.

När jag numera, ibland, men inte ofta, försiktigt ber mina följare om pengar, riskerar riktiga skitstormar att uppstå.

Ibland skriver folk meddelanden till mig, helt okända, anonyma personer som säger till mig att jag borde ta tag i mitt liv.

"Skaffa ett jobb!" (På ett lager eller liknande). *"Det är personalkris i vården i min kommun"*, skrev någon i somras. *"Aldrig i livet att jag skulle ställa mig på något lager!"* Så skrev jag i mitt kommentarsfält, vilket gjorde att många gjorde tumme ner och slutade följa min kanal.

Så kan det gå.

Allt är inte mörkt. Det finns många som vill att det ska gå bra för mig i livet, att jag ska lyckas slå igenom, livnära mig på mina kriminalreportage. Det är det här livet eller rännstenen! Så tänker jag.

Och har jag förresten inte tagit tag i mitt liv redan? Jag slutade resa omkring. Jag stadgade mig på en folkhögskola och började efteråt titulera mig *journalist*. Jag flyttade till Stockholm, jagade uppdrag, satte undertitlar till filmer och översatte texter. Är det inte att "ta tag i sitt liv"? Är det mitt fel om pengarna inte räcker?

"Ta tag i sitt liv" ... Det är så lätt att säga!

Om jag skriver en låt så arbetar jag. Att arbetsinsatsen inte betalar sig är en annan sak. Har jag ansvar för att andra inte betalar för mitt arbete? Sträcker sig inte mitt ansvar endast så långt som till att skriva själva låten? Är det inte det man menar med att "ta tag i sitt liv"? Att man tar själva taget. Skapar låten. Sedan är det väl upp till andra att hjälpa en hela vägen? Vi är väl beroende av varandra på den här jorden? Är det inte så vi lär oss i skolan?

Jag har aldrig begripit mig på vissa av samhällets normer. Det enda jag känner är att i vissa situationer så är dessa normer ytterst förtryckande. De kväver allt liv. Musten går ur en.

Jag hämtade lite mer elixir.

Var var jag i den här berättelsen?

Det som hände var som sagt att jag föll för det yttre trycket från min omgivning att ta tag i mitt liv och skaffa en utbildning. Jag valde något som jag tyckte verkade roligt, och något som också skulle passa mig, nämligen journalistlinjen. Jag bodde i en lägenhet i Jönköping och betalade min hyra. Året var nog 2017. Det var en lika underbar tid som den föregående. Lektionerna var stimulerande, jag behärskade tekniken felfritt och blev lika duktig på bild- som ljudproduktion. Jag skrev proffsiga artiklar, det tyckte både kursarna och lärarna. Jag kunde skriva om alla ämnen – middagar, viner, motorsport, existentiella ämnen, psykologi – ingenting var svårt, allting lyckades.

Jag hade lite svårt med deadlines. Det var mitt handikapp. Men jag hade en förmåga att arbeta på nätterna, så jag löste det alltid. Jag fann en väg. Alltid fanns det en väg vidare.

Mina journalistförebilder har varit bland annat Robert Aschberg och då i synnerhet hans journalistiska stil på nittiotalet. Ja, det mesta var faktiskt bättre på nittiotalet.

Humorn. Tjejerna. Livet.

Jag klarade praktiken på Expressen. Jag avslutade utbildningen. Skrev krönikor åt olika tidningar, först på ett sommarvikariat men sedan på uppdrag. Jag flyttade som sagt till Stockholm och bodde runt hos kompisar. Jag jobbade som undertextare. Jag lyckades kvalificera mig för a-kassa. Jag blev arbetslös. Jag levde på a-kassan. Jag fick tid att fundera på vad jag ville göra. Jag skapade en kanal för min journalistik på Youtube som jag tänkte använda senare när jag hade etablerat mig.

Sedan hände en tragisk grej. A-kassan fick nys om min kanal och hävdade att jag sysslade med "näringsverksamhet". De krävde tillbaka de drygt 40 000 kronorna som de betalat ut under månaderna som gått. Jag bestred beslutet. Men de stod på sig. Jag missade en deadline för ett sista överklagande och så var saken låst. Tragedin ett faktum. Jag blev återbetalningsskyldig. Jag var ilsken på hela systemet. Jag hade tjänat fem tusen kronor under ett halvår, ynka fem tusen – det går inte att leva på såna brödsmulor!

Min ilska var stor. Jag avskydde a-kassan och deras uråldriga regler som inte var anpassade efter dagens villkor. De är där för att hjälpa men när man behöver dem så stjälper de.

Jag kontaktade media. SVT:s lokalavdelning gjorde ett reportage om min situation. Tidningar följde på, bloggare likaså. Jag kritiserade det uråldriga systemet. Mitt patos var starkt när jag klargjorde att jag inte tänkte betala tillbaka pengarna.

Nu blev det lite till ...

Och jag är inte ensam. Jonas liknar mig vid Hemingway. Vad vore jag annars? Ett tomt, deprimerat och ångestridet knippe nerver utan förmåga till något arbete överhuvudtaget. Man måste ta sig upp till de höga höjder som skapandet kräver.

Det händer ibland att jag och Jonas pratar om min skuld till a-kassan.

"Många system är bra när de fungerar som det var tänkt."

Det håller jag med honom om.

"Men man kan inte få betalt av a-kassan och samtidigt använda tiden till att starta ett eget företag."

Det där håller jag däremot inte med Jonas om. Är jag arbetslös så är det väl bättre att göra något än att bara rulla tummarna? Eller hur? Tid är tid. Skulle någon styra min tid? Vad jag får göra och inte? Nej, ingen äger min tid!

Mitt fall togs som sagt upp av flera media och bloggare. Jag följde kommentarerna i bloggosfären.

En läsare skrev: *"Galenskapen som finns i all denna byråkrati tar aldrig slut, ungefär som skattepengar – det hittas alltid på nytt."* Bloggens ägare svarade: *"Det blir så när människorna som hittar på dumheterna gynnas av mängden dumheter."*

Ja, vem vet. Kanske kunde jag ha haft mer tro på samhället om denna amputation av min framtid inte hade inträffat.

A-kassans skuld lades på andra skulder. Privata skulder. Jag tar på mig en del av skulden, men inte allt – och inte alltid.

Jag ska ner till den svarta botten innan jag vaknar imorgon. Det måste bli en roman den här gången ... Det måste bli!

Det är inte svårt att skriva. Det är bara att sätta sig ner vid skrivmaskinen och blöda. Som Hemingway sa. Jag tycker nog jag har lyckats ganska bra. Men jag behöver anestesi för att blöda ordentligt.

Pappa, som sagt ... Han är lite av en konstant i mitt liv. Senast jag bodde hemma hos honom började det bra. Sedan gick det käpprätt åt det varma stället. Han ville ha en peng för att jag bodde hos honom. Fastän han bor i en stor kåk. Fastän han har pengar. Han ville ha *något* – om så bara en tusenlapp i månaden.

Konstigt nog hade han överseende med att jag inte betalade trots överenskommelsen. Det var som om jag måste gå med på hans grej bara. Genomförandet spelade mindre roll. Hur förklarar man sådana saker?

Det var ett spel. En teater. En symbolisk fråga.

Jag tänkte ofta på en eller flera berättelser från Bibeln när jag bodde hos honom. Men jag sa ingenting högt.

Irriterad på riktigt blev pappa när hans körsbärslikör tog slut, och när han ständigt fick plocka ut mina Bob Dylan-skivor ur stereon – sådant futtigt skit gjorde honom komplett vansinnig.

"Kan du hålla reda på dina grejor!" vrålade han när han var som allra mest förbannad.

Fast "förbannad" fick man inte säga att han var.

"Förbannad" var i hans värld något helt annat än "skitarg". Präst som han är.

Jag försökte bättra mig med skivorna, men att låta bli drickat var totalt omöjligt. Whisky, rödvin, likör, punsch. Allt fanns som en del av interiören på en armlängds avstånd – och gratis! "Allt mitt är ditt", tänkte jag att han tänkte.

Pappa slutade klaga på mig för att jag sov fram till lunch. Snacket om ansvar återkom i allt kortare meningar. Det fanns dock alltid med. Som en undertext. Varje vecka återkom ansvar i en eller annan form.

"Du måste lära dig ta ansvar i livet."

Det var en stående fras från honom.

"Jag försöker!" vrålade jag. "Ser du inte att jag försöker?"

"Om du inte kan försörja dig som journalist måste du väl hitta en annan väg?"

Det gör jag ju, ville jag säga. Men det vore en skam att säga det. Så jag höll munnen tyst.

"Jag letar uppdrag", sa jag med butter stämma.

Pappa såg missnöjd ut, röd i ansiktet under sitt vita vältrimmade skägg – ett skägg som förde tankarna till Kenny Rogers och faktiskt även Hemingway.

Jag kände respekt. Ändå dessa ständiga försvarstal från min pladdrande mun.

Pappa kontrade: "Det finns väl jobb som du kan ta? Snälla någon!"

Det där uttrycket – "snälla någon" – gjorde mig ledsen. Han sa "snälla någon" istället för uttrycket "Herregud". Det gjorde ont i mig, helt oväntat, och det gjorde mig också mjukare inombords. Ja, till och med att jag kände en liten smula ånger över mitt uppförande – en stilla ödmjukhet mitt i våra blossande konflikter som var lika återkommande som årstiderna.

"Idag blir man kallad oansvarig för minsta lilla", sa jag.

Det var mitt försök till innerlighet.

"Jaså?" sa pappa blaserat. "Blir man det?"

"Man blir attackerad för att man följer sin dröm", sa jag. "Samtidigt som hela samhället skriker åt en ända från barnsben att man ska följa sina drömmar."

Jag fortsatte med sluddrig röst:

"'Följ din dröm, följ din dröm!' ... Det är allt jag har hört genom hela skolan."

Pappa skakade uppgivet på huvudet och lämnade rummet.

"Du kan väl inte leva som en hoppjerka hela ditt liv?"

Så löd hans dräpande ord – från ett intilliggande rum. Som om han inte ens brydde sig om vad jag hade att säga.

Ja, milda makter ... vad ska man göra med en son som jag? Vad skulle jag själv göra? Jag skulle förmodligen också slänga ut honom.

Andra gånger ställde jag upp argument hämtade från historien. Jag berättade om lån och ocker – att sådant skadade människor och hela samhällen. Redan i Mesopotamien var det satt i system, ockret. Det fick människor att hellre fly landet än att stanna och odla jorden. Ockret och lånen gjorde att folk struntade i att odla jorden och istället anslöt sig till rövarband – dåtidens kriminella gäng.

Jag sa till pappa att dagens samhälle var orimligt. Man var tvungen att ta lån, pantsätta sin framtid, för att överhuvudtaget ha råd till en bostad. Självklarheter som tak över huvudet!

Man blev ombedd att utbilda sig – det hade även jag gjort – och sedan? Vad fick man som tack? Arbetslöshet! Och en skuld när man försökte etablera sig.

På journalistlinjen fanns optimism. Man behövde inte så mycket talang ens. Vi lyssnade på en föreläsning av Andreas Carlsson, musikern, som sa att dagens marknad var stadd i ständig förändring – en snårskog hade uppstått med privata entreprenörskap snarare än fasta anställningar. En *snårskog* som man kunde se som en *svår-skog* – eller som ett fantastiskt fält av möjligheter.

Innan senaste svängen hos pappa bodde jag i Stockholm. Först hos en äldre bekant, Anna Månsson, sedan på en liten båt som jag lånade av en bekant till en av mina följare. Innan Stockholm bodde jag på ett hotell på västkusten halva vintern. Där var det billigt att bo tack vare årstiden. Men jag längtade ständigt tillbaka till Stockholm. Jag flyttade dit på vintern, i februari om jag inte minns fel, för snart två år sedan.

Ofta hade jag ett bra citat till hands när jag flyttade in hos någon eller lånade pengar. Exempelvis: *"Det bästa sättet att ta reda på om du kan lita på en annan människa är att lita på henne."*

Så sa jag till flera. Ett Hemingway-citat, memorerat sedan gymnasiet. Det brukade nästan alltid funka. Jag hade då redan snackat in mig, och kommit till punkten när den andre ställde sig frågan – högt eller bara tyst för sig själv – den kritiska frågan om den verkligen kunde lita på mig. Med andra ord hade jag halva inne. Hemingway var bara slam-dunken.

"Always do sober what you said you'd do drunk. That will teach you to keep your mouth shut."

Han är bra. Jag vill bli lika bra som Hemingway.

Mitt skrivande ska jag ha som en pengamaskin. Jag är själv en maskin vissa nätter.

I morse vaknade jag klockan 11. Jonas hade gjort chokladdricka. Vi kom att snacka om mitt romanprojekt. Sedan om min kanal.

Jag sa att jag var trött på true crime. Våldet hade blivit för mycket för mig, blodet stod mig upp i halsen. Samhället svämmade över av våld och våldtäkter, och la man på kriget i Ukraina och de kinesiska hoten mot Taiwan, och Israel-Hamas, och klimatförändringarna, så var det en mörk tid vi tvingades leva i.

Jonas höll för all del med.

"Folk älskar social porr", sa Jonas. "Det är kanske det du ska satsa på? Gör mer videos där du blottar dig själv."

"Det finns ingen värdighet kvar", muttrade jag.

"Nej", instämde Jonas.

"Ska du köra in till stan idag?" frågade jag.

Det skulle Jonas.

"Köper du lite billig whisky till mig? Schyssta?"

"Visst", sa Jonas.

"Tack! Du är en klippa."

Jonas gjorde sig klar. Hans kängor dunkade mot det dragiga trägolvet, jackan frasade som en stor kexchoklad när han drog den på sig. Var det minusgrader ute?

"Jag tror det är social porr du ska satsa på", sa Jonas innan jag stängde och låste efter honom.

Jag låg i soffan i en eller två timmar innan jag gick till frysen för att se vad som fanns där. Då såg jag ett luftgevär som stod uppställt mot väggen bakom ett regnställ. Jag grep det i min hand, tog det med upp på övervåningen. Där upptäckte jag att snön vräkte ner utomhus, och att det var kallt vid fönstret, så jag vred upp värmen i elementet – det brukar irritera Jonas – men jag var kall och behövde värma mig. Jag gick ner och letade vid frysen och fann till slut en burk diaboler. Jag tog med mig en påse ölburkar och en tom whiskyflaska. Jag klev ut i den nya, knarrande snön. Det blåste svagt, och snöflingor stora som bomullstussar föll från den ljusgrå himlen. Det susade inifrån skogen.

Jag satte kameran på ett stativ i snön. En bil passerade på landsvägen som skiljde gården från skogen. Jag fick själv syn på vad det var jag gjorde och hoppades att ingen undrade. Jag var uttråkad, uttråkad på allt – på våldtäkter, på mord. Jag filmade i slow motion, satte på självutlösaren och sprang in i huset och upp på balkongen. Jag laddade geväret och siktade samtidigt som jag noterade i ögonvrån att bilen nu hade stannat vid vägkanten. Jag avlossade ett skott, laddade, sköt ett till, laddade. Burkarna i snön penetrerades av mina skott. Whiskyflaskan vältes omkull utan att krossas. Jag sprang ner och stängde av kameran. Bilen stod fortfarande stilla. Jag älgade in i huset och startade datorn för att ladda över det filmade materialet.

Ute på vägen stod bilen kvar en lång stund.

Det kanske var en polis i civil bil, tänkte jag.

Det visade sig vara hemtjänsten. En stackare som hade fastnat i snön.

Det blev inget av filmen med luftgeväret. Jag satte mig istället ner vid datorn och tvingade mig själv att plöja ett förundersökningsprotokoll om en gruppvåldtäkt av det mer sadistiska slaget. Läsningen ledde vidare till en Flashback-tråd där denna och andra våldtäktshändelser diskuterades. Jag läste om kvinnor som blev gruppvåldtagna i öknen av hatiska mansgrupper och mitt under akten skjutna i huvudet. Jag kom att tänka på hur jäkla före min tid jag alltid har varit. Jag har alltid fattat vartåt samhället barkar.

Det ena ledde till det andra som ledde till en whisky.

Det blev kväll. Jag läser det jag har skrivit och ser att det skimrar av guld mitt i strukturbristen. Det här ska bli bra!

Mina jobb efter folkhögskolan sinade och jag blev arbetslös i min gärning som journalist. Jag pluggade klart kursen i kriminologi på Södertörn som jag hade haft vid sidan om uppdragen. Jag fick a-kassa, jag var uttråkad och startade en kanal där jag publicerade filmer och bad om pengar – tiggeri enligt vissa. Enligt a-kassan: näringsverksamhet. Detta ledde till en skuld, som hamrades fast i mitt liv och orsakade stagnation.

Nej, för tusan!

Jag var aktiv – jag sket i den där skulden! Det är så det borde stå. Jag hatade a-kassan, jag avskydde den där uråldriga byråkratin som inte var anpassad efter dagens verklighet. Tid hade jag gott om som arbetslös, så varför kunde jag inte låta mina tusen blommor blomma? Varför skulle a-kassan tvinga mig att sitta och rulla tummarna? Jag levde vidare! Jag bodde hos polare, skapade låtar som gav några futtiga ören.

Om jag istället hade varit Bob Dylan hade jag på grund av samma låtar blivit multimiljonär.

Men sådana tankar tänker jag allt mindre av.

Jonas får läsa några sidor av min roman.
"Vad tycker du?"
Han flinar. Jag höjer genast rösten.
"Vad tycker du undrar jag? Flina inte bara!"
"Jag tycker det är kaotiskt", säger Jonas och flinar.
"Kaotiskt? Vad menar du med det?"
"Det saknas form", säger Jonas.
"Det är väl klart det gör! Det är mitt första utkast."
"Ja, det är klart …"
Stämningen lugnar sig.
"Glimmar det till?" frågar jag. "Liknar det guld någonstans?"
"Ja, det gör det", säger Jonas. "Du är på rätt väg."
"Då så", säger jag.

"Men du behöver struktur", säger Jonas.

Innan senaste vändan i Stockholm bodde jag som sagt på kusten i ett hotellrum. Jag testade en ny grej på min kanal, inspirerat av Robert Aschbergs 90-talsprogram Diskutabelt. Det hela var mycket enkelt (det var det som var så bra): Jag sände live, rökte några cigg och knäppte några öl samtidigt som jag pratade om våldsutveckling och samhällsfrågor. Ibland imiterade jag kända personer: Olof Palme, Ingvar Carlsson, blattar. Jag pratade väldigt flytande, mitt munväder var smort som aldrig förr. Jag snackade om multikulturen, som jag är en varm anhängare av, men jag talade illa om en viss ökenreligion. Konceptet funkade, jag fick sju tusen klick och flera hundra tummen upp. Vind blåste i mina segel! Och det fina var att jag kunde göra allt från mitt hotellrum, dra in hundralappar bara genom att starta kameran – vilken svindel det gav!

Jag hade druckit fyra kvällar i rad. Den femte dagen återstod endast burkbärs. På kvällen pratade jag live inför mina följare med en äldre man som hade arbetat tillsammans med ett av ögonvittnena till Palmemordet. Vi snackade fritt, avslöjade av misstag vittnets namn, spekulerade om eventuella diagnoser, gjorde narr av hans dialekt ...

Slocknade.

Dagen efter såg jag att jag hade förlorat sjuttio följare – sjuttio stycken! Vissa skrev att detta var droppen. Vissa skrev att jag skulle ta det lugnt med drickandet. En kvinna (jag hade nästan inga kvinnliga följare) skrev att jag "saknade omdöme", att jag kunde "glömma en karriär som journalist" och att jag borde ta tag i mina "uppenbara alkoholproblem". Jag skrev till mina följare att det var ett himla fokus på om man är berusad eller inte. Visst, det kanske var lite osnyggt, men det var ju lördag kväll.

Söndag. Jag kom till mina sinnen och gjorde en film där jag försökte förklara mig ytterligare. Detta gav upphov till en diskussion i en Flashback-tråd.

Kris.

Jag promenerade vid det svinkalla havet, vilket var omöjligt. Havet dånade och skummade. Havet kastade upp kaskader av vatten mot mig. Vinden rev och bet mig. Jag kände mig ständigt blöt om fötterna – nu blev det värre.

Flera faktorer samverkade och till slut var jag tvungen att dra från den blåsiga jäkla kusten. Jag hankade mig fram – och jag plankade till Stockholm.

Jag suckar ljudligt.

"Det är svårt att skriva om sig själv", säger jag till Jonas. "Fan vet om det är värt det. Det dräller av snubbar på förlagen som är precis som jag."

"Du ska inte tänka i de banorna", säger Jonas. "Skriv bara."

En klapp på axeln.

"Sätt dig ner. Och blöd."

Jag bodde alltså först hos Anna, en kvinnlig bekant som arbetar som terapeut. En vänlig, generös själ på femtio år med två katter. Min ständiga känsla var att hon såg på mig som en av katterna. Hon såg ljust på mig och mitt liv som om jag levde ut något slags ideal. Jag bodde där ett par veckor tills våren kom med sin härliga grönska och torra asfalt. Musik hördes allt oftare från bilar och öppna fönster. Folk satt utomhus vid caféer. Världen vaknade till liv. Jag läste förundersökningsprotokoll, diskuterade samhällsfrågor med Anna, drack och blev till slut varnad.

Anna hyste ett gediget, grundfast hat mot allt vad alkohol och "narkotika" hette och hon tyckte att jag började likna något miserabelt kräk ur hennes förflutna. Detta var svårt för mig att förstå. Hur kunde man hata alkohol? Hur kunde man tycka att alkohol gjorde folk mindre värda som sällskap?

Jag arbetade med mina true crime-avsnitt på caféer och i Annas lägenhet som låg på David Bagares gata där jag hade en utsikt som bokstavligen gav mig gåshud. Jag kände mig mitt i smeten, mitt i händelsernas centrum, mitt i livet, och till saken hörde att jag från fönstret kunde se gatan som för mig kändes så magisk – den okända Palmemördarens flyktväg i februarinatten.

Jag brukade öppna fönstret om nätterna och titta ner på den dunkla gatan. Jag lät kaninhålet vidga sig. Det blev så verkligt för mig vissa stunder. Jag kunde nästan se mördaren springa där nere med sin fladdrande rock och den lilla väskan i handen. Jag försökte se hans ansikte, då drömde jag redan.

För annonspengarna och donationerna som mina följare skänkte köpte jag snus, mat, elektronik och annat som jag behövde för mitt arbete. När jag var tvungen att flytta från Annas lägenhet hamnade jag på en bänk i Sollentuna, i en busskur som frostade igen på natten. Svinkallt var det, men när solen väl gick upp kom livsmodet tillbaka.

Jag visste inte exakt var i Sollentuna Fabian bodde, men jag hade siktet inställt på att besöka honom och kanske sova över där ett par nätter. Jag skrev ett meddelande om att jag befann mig i krokarna och frågade om jag kunde komma hem till honom.

Fabian Falk drev också en kanal, både en podcast och på Youtube, som handlade om blandade saker: samhällsfrågor, konspirationer, vårdskandaler, undermålig äldreomsorg, gifter i dricksvattnet, Kalla kriget – och Palmemordet.

Fabian arbetade extra med diverse saker och dömde fotbollsmatcher på helgerna. Han hade snöat in på några konspirationer av den galna sorten i fallet Palmemordet.

Fabian tog emot mig nästan broderligt. Jag fick en sen frukost, stekta ägg, stekta tomater, stekt svamp och bacon – så oerhört gott! Och jag fick låna torra sockor, jag fick tvätta mina kläder och låna en deodorant. Vi snackade om att samarbeta professionellt, så det passade bra att jag bodde hos honom ett par nätter. Han hade en bred soffa åt mig och en stor 65-tums Samsung-teve. Han hade katt – en innekatt.

Det var ny information för mig att Fabian Falk värnade om katter och att han till och med tog hand om hemlösa katter på ett organiserat sätt. Katten som nu bodde hos honom hette Silvia och hade i sin barndom blivit påkörd och brutit benet. Fabian hade renoverat upp henne och gett henne all den kärlek som hon behövde för att må bra. Nu levde hon ett liv i välmåga, ja, lyx.

Ibland tog jag och Fabian promenader där diskussionerna löpte varma. Fabian var öppen för allt vad gällde Palmemordet, till och med teorin om teatermordet. Jag sa att jag tyckte Claes Hedberg var en galning som påstod att Palmemordet aldrig hade ägt rum, att det skulle ha varit en skenavrättning, ett så kallat "teatermord" – detta var totalt orealistiskt i min värld.

Fabian, som hade intervjuat Claes Hedberg flertalet gånger på sin kanal, sänkte rösten och lät eftertänksam.

"Ja. Man kan ju ha olika åsikter om det. Men egentligen är det väl inte mycket vi verkligen *vet* om Palmemordet. Det finns så många teorier. Men vad vet vi egentligen?"

"Tänk på Gösta Söderström", sa jag. "Förste polis på plats. Han var framme vid Palme och tryckte på Palmes öga. Det forsade blod ur Palmes mun. Skulle en skådespelare kunna fejka en sådan sak?"

"Nej. Så kan man ju tänka", sa Fabian.

Solen strålade från en blå, löftesrik himmel.

"Jag säger inte att jag tror på allt jag publicerar", fortsatte Fabian. "Jag bara låter folk komma till tals. Jag låter dem tala till punkt. Det är allt. Det är så långt mitt uppdrag sträcker sig."

Jag sa det inte högt, men det fanns en viktig skillnad mellan mig och Fabian. Han var inte journalist i ordets rätta bemärkelse. Han hade ingen utbildning. I mitt uppdrag som journalist försökte jag hålla en viss höjd i det jag publicerade. Fabian publicerade i stort sett allt. Han menade att det inte var hans uppgift att döma folks tankar, det litade han på att lyssnarna klarade av.

Fabian publicerade senare under den sommaren en lång serie intervjuer med Ole Dammegård som hävdade att 11 september-attentaten aldrig hade inträffat och att det inte fanns bevis.

Jag gapskrattade – det kryllar ju av bevis!

Men det fanns verkligen människor som på allvar trodde på Ole Dammegårds teorier. Idioter kallar jag dem. Idioter, idioter, idioter. Internet svämmar över av idioter.

Många idioter som snöar in på galna konspirationsteorier är i grunden otrygga med sin position i samhället. Det är något jag minns sen min tid på folkhögskolan då vi fick höra en föreläsning på det temat. När staten tappar makt – inklusive makten över tankarna – uppstår idéer om att staten är folkets fiende.

Logiskt börjar folk då värja sig mot staten och se den som en fiende som mörkar sanningen.

Dessa otrygga individer tog över mer och mer av samhällsdebatten, vilket kunde ses som ett problem för samhällets sammanhållning.

Till och med a-kassan hade nästan rekryterat ytterligare en galning till skocken ...

Men Fabian var skicklig och framgångsrik. Han njöt medvind på sina kanaler. Antalet följare ökade stadigt. Många uppskattade hans öppna sinne, hans nyfikenhet, att han lät sina gäster tala till punkt.

En vanlig kommentar i hans flöde var att statskontrollerad media inte tålde sanningen och att det därför behövdes publicister som Fabian som kunde låta de tystade rösterna komma till tals. Sanningen var på väg att segra i Sverige tack vare sådana som Fabian!

Fabian var ett ensamstående muskelberg, han hade en vuxen son som bodde utomlands, han hade sitt hus en bit utanför Sollentuna. Fönstren var skitiga, katten luktade och det låg katthår på soffan, men i övrigt var huset fint och hans tillvaro verkade iordningställd – katten luktade dessutom bara naturligt.

Fabian var född på sextiotalet, han talade med bred Närkedialekt och ville ständigt framåt i livet – det fanns en framåtanda hos honom som kom håret på mitt huvud att vaja. Han hade stabila kompisar med stadiga inkomster som ibland kom och hälsade på. De snackade jakt och fiske, bostäder, husvagnar, aktier, inflation, Ryska krigsplaner.

Det var nog där det började för min del ...

Fabian hade ett spritskåp som stod orört. Han drack nästan aldrig, det var vad han sa – men efter några dagar kunde jag konstatera att det faktiskt stämde. Där fanns Baileys, likörer, whisky, ett par flaskor vin, och i kylen hade han iskall öl.

Det var ölen jag började med. Först frågade jag snällt om lov och Fabian sa ja. Sedan drack jag tio öl. Fabian sa att det inte var så många öl han hade godkänt att jag drack. Han fick en blick av seriositet som jag aldrig kommer glömma. Jag insåg att jag måste skärpa mig.

Vi började filma lite snack dagen efter. Jag bjöd mig själv på ett glas med dricka eftersom det fick mig i bättre form. Vi pratade om journalistik, generellt, varför Sverige hade journalister som inte gjorde sitt jobb. Min uppfattning om den saken gick ut på att journalisterna var rädda för makten. De granskade inte makten åt folket. De granskade istället folket – folkets åsikter. Journalistik liknade dessutom många gånger rena reklamen.

Jag ville att Fabian skulle publicera intervjun omedelbart men han ville vänta. Han ville att vi skulle filma mer och släppa allt som en lång intervju på flera timmar. Jag fick ge med mig.

Dagarna gick. Jag snodde lite Baileys. Drack upp en vinflaska. Han märkte det inte på skåpet. Han märkte ingenting eftersom han sällan tittade där. Däremot märkte han det på mig. Jag sluddrade. Jag talade osammanhängande. Mina ögon simmade omkring i skallen på mig.

Fabians vänner klagade. Jag hade tiggt pengar. Jag hade hotat en av dem. Jag hade varit inne i centrum till sent om kvällarna och kommit hem dyngrak.

Fabian dämpade ljudet på teven. Han satte sig på soffbordet med sin muskulösa häck. Han spände ögonen i mig, så gott det nu gick eftersom jag hatade, hatade sådana knep.
"Vad är det du håller på med egentligen?"
Fabian lät tydlig, inte arg.
"Vad menar du?"
Jag spelade kanske dum ... omedvetet.
"Mina kompisar ringer och säger att du försöker låna pengar av dem. Och att du inte betalar tillbaka."
"Jag ska betala. Måste vänta på utbetalning bara."

Fabian såg ner i golvet, sedan såg han på mig med obehagligt vass blick. Men han lät fortfarande inte arg, han pratade nästan med omtanke.

"Vad är det för problem du har?"

"Inga alls", sa jag. "Jag ska skärpa mig."

Jag var som en vessla, eller vilket djur det nu är.

"Har du druckit nu?"

"Lite", sa jag från min plats liggande i soffan.

Fabian tog fjärrkontrollen och stängde av teven. Hans röst var fortfarande lugn och tydlig.

"Bara så att du ska veta det, Balder. Alkohol är bland det värsta jag vet. Och här går du omkring, i mitt hus, och dricker dig full varje dag. Ser du inte det som ett problem?"

"Jag är väl inte full?"

"Ser du inte att du har en förvriden uppfattning om saker?"

Jag teg.

"Nu så, Balder, nu är det slut med din vistelse här. Imorgon ger du dig av från mitt hus."

"Men ..."

"Nej. Inga men", högg Fabian av. "Du har redan passerat allt för många gränser."

Jag fick flytta från Fabians hus vilket var synd. Det var en fin tid så länge den varade. Nu var jag tvungen att uppfinna något nytt åt mig. Och det var svårt.

Jag har haft otur i livet. På komplicerade sätt. Det gäller även karriären. Mina höga energivärden har misstagits för andra saker, jag vet knappt vad ... kanske maskulinitet, eller den sämre sortens framfusighet som får andra att vrida sig i sitsen, som om den tama lilla huskatten verkligen bar på ett lejon inom sig.

Det är svårt att handla rätt i samtiden. Jag älskar äldre tider. Jag älskar den äldre tidens journalister som rökte inomhus, som unnade sig och inte skämdes för att en whisky slank ner efter dagens slut – journalister som knackade ner sina rader medan flaskan stod framme. Varför finns inte den tiden kvar? Det var en underbar tid som jag aldrig har sett skymten av, aldrig smakat sötman av, endast hört talas om anekdotiskt. Men jag känner det i hela min varelse att jag verkligen hade passat in i den tiden!

Jag ringde några samtal. Det fanns nödlösningar överallt eftersom många människor innerst inne är vänliga och vill göra gott för andra människor. Av mina följare fick jag pengar för en tågresa till Ludvika där jag skulle filma lite provskjutningar med revolver hos en av mina följare. Tyvärr försov jag mig på tåget och missade ett byte, hamnade i Oslo. Jag fick resa tillbaka till Stockholm utan det eftertraktade filmmaterialet, och så lades den dagen till minnenas fotoalbum. Det blev en skojig film av den oväntade utflykten.

Några av mina följare blev besvikna. En som hade sponsrat resan skrev: "Vad får man för pengarna?"

Jag bodde hos Anna en vecka, sov utomhus en natt innan jag klev ombord på den lilla båten som jag fick låna. Där tog jag kontakt med en man som hette Oscar Mattiasson. Jag och Oscar hade mejlat fram och tillbaka om Palmemordet under våren – nu blev jag intresserad på riktigt av hans arbete.

Oscar forskade på LAC-banden från länsalarmeringscentralen, tidigare SOS Alarm, från natten den 28 februari 1986 när Olof Palme mördades. På dessa band hördes röster i bakgrunden, otaliga blurriga röster dolda i vitt brus som han med hjälp av mjukvaror vaskade fram hörbart tal ur. "Fonetisk audio" kallades specialområdet. Oscar separerade tal från brus.

Oscar menade att några av konspiratörerna bakom Palmemordet kunde höras på LAC-banden. På hans Youtube-kanal visade han hur rösterna syntes som märken, ljudvågor, i stora hav av brus. Dessa röster var ännu oidentifierade, men tack vare tekniska framsteg inom det audiofonetiska området kunde man lyfta fram rösterna ur det vita brusets mörker, separera meningsfulla ord från bruset och avslöja tal och tidigare okända händelser.

Första gången jag hörde talas om Oscars arbete blev jag väldigt intresserad, men jag hade inte tid att fördjupa mig i hans arbete mer än ytligt eftersom jag levde lite ostadigt och hade fullt upp med egna projekt. Nu var tiden inne för ett samarbete.

Det fanns en Flashback-tråd om Oscar där en massa dynga spreds. Det handlade om att han hade miljonskulder till Kronofogden, att han stod skriven på en adress där nio andra bodde – åtta av dem invandrare samt en ökänd svindlare. Några på Flashback ondgjorde sig över att Oscar hade en bakgrund som försäljare. Andra skrev att det var avslöjande att Oscar aldrig visade sitt ansikte i bild.

Vårt första gemensamma program handlade om klockorna på Sabbatsbergs sjukhus. Oscar menade att det fanns bildbevis för att väggklockorna ställdes om under natten då Olof Palme mördades. Visarna rörde sig inte som förväntat utifrån vad man kände till om händelsekedjan. Oscar visade kända fotografier från mordnatten; tittade man på väggklockorna kunde man se att visarna inte stämde överens med den kända tidsaxeln. Jag som tämligen insatt i Palmemordet såg direkt vad han menade – visarna stod inte alls i relation till den händelseutveckling som vi var vana vid att se.

"Någon har manipulerat klockorna under kvällens lopp", sa Oscar. Det hela var oerhört suggestivt, vi satt uppe hela natten och snackade. Bilderna stämde med vad han sa; när Mårten Palme och hans flickvän kom till Sabbatsberg stod klockan på ett sätt som inte stämde med vad som var känt. Enligt kända uppgifter anlände Mårten och hans flickvän till Sabbatsberg mycket tidigare än vad Sabbatsbergsklockorna visade. Likaså de rörliga nyhetsbilderna när bilarna körde in på Sabbatsberg; klockorna visade då en helt annan tid, som om visarna flyttades fram och tillbaka. Bilderna från mordnatten talade sitt tydliga språk. Efter vårt samtal om klockorna på Sabbatsberg ökade följarna och pengarna strömmade in.

Snart ledde Oscar mig in i ljudfonetikens spännande värld. Han hade under tusentals timmar filtrerat fram ljud som tidigare legat dolda under lager av brus på LAC-banden. Ljud som avslöjade tal, som i sin tur avslöjade namn – på inblandade.

Oscar skickade sina brusreducerade filer i flera olika storlekar med olika slags kompression och filter. Jag lyssnade på dem tjugo, trettio och uppåt femtio gånger. Det var svårt att höra namnen – det lät mest som blurr – men Oscar sa att det var viktigt att jag hade rätt utrustning när jag lyssnade: neutrala hörlurar med en jämn fördelning mellan bas-, mellan- och diskantregistret. En dator eller telefon gav fel fördelning och ljudet bara skorrade.

Oscar var utbildad inom ljudfonetik i USA. Jag hade fått se en pdf-fil på diplomet. Kompetensen var det ingen tvekan om. Däremot kände jag ett tvivel på mig själv. Varför hörde jag inte namnen som Oscar hörde? Jag kände en stigande frustration. Jag gick in på ett apotek och skaffade Revaxör utan resultat.

Det var inte förrän Oscar sa att han kunde tänka sig att träffa mig *in person* som hoppet tändes. Han skulle ge mig ett par ljudsnäckor av märket Sennheiser avsedda för musiker. Med dem skulle det gå bättre menade han, även om det allra bästa hade varit om jag haft tillgång till studiomonitorer.

När dagen kom ställde Oscar in vår träff, men han skickade lurarna med post till hotellet där jag hade folkbokfört mig. Jag gick dit och hämtade paketet och slängde alla andra kuvert som låg där – kärleksbrev med fönster.

Jag och Oscar planerade snart all vår publicering gemensamt. Vi skulle med hjälp av ljudfilerna avslöja konspirationen bakom Palmemordet. Under hela den här tiden gjorde jag videor som jag la upp på min kanal där jag byggde upp inför ett klimax. Ett avslöjande inom Palmemordet var på gång. Jag och Oscar skulle komma med ett avslöjande senare i sommar.

Ett avslöjande! Folk blev helt till sig och följarna ökade. Pengarna flög som stekta sparvar till min båt.

Även om jag var noga med att kalla detta för ett "avslöjande", inte en "lösning", var det en *lösning* på Palmemordet som många följare hörde mig säga, vilket märktes bland kommentarerna till mina videor. Många hade redan tidigt i min journalistkarriär anat att jag skulle prestera stordåd inom Palmemordet – nu änt-ligen skulle jag leverera på den förhoppningen.

Förtroendet och pengaströmmen sporrade mig och jag hade all tid i världen att göra videor. Jag begav mig till Sveavägen och filmade. Jag satt på trapporna upp mot Brunkebergsåsen och pratade om olika polisbilars rörelsemönster omkring kvarteren där Olof Palme mördades. Oscars fynd gjorde det nämligen tveklöst klart att svensk polis var inblandad i mordet på Olof Palme. Oscar kunde rent visuellt visa hur delar av LAC-bandet var bortklippt, eftersom klippningen orsakade kantiga, väggglik-nande ojämnheter i ljudkurvans inledning, och kopieringarna orsakade frekvensavvikelser i bakgrundsbruset. Lager på lager av brus pekade på kopieringar av ett känsligt, allt för känsligt original.

Frågan var nästan överflödig att ställa: Vilka, förutom poli-ser, hade resurser att manipulera LAC-bandet?

Det var en logik som jag inte kunde argumentera emot. Jag kände mig helt säker på Oscars case.

När vissa följare uttryckte tveksamhet inför Oscars arbete och tyckte att jag smutsade ner mitt journalistrykte, gjorde jag en video där jag sa att polisspåret alltid legat mig varmt om hjärtat. Oscars fynd var så pass intressanta att jag var beredd att satsa all min heder på det här avslöjandet. "Det får bära eller brista", sa jag.

Varje film inför det stora avslöjandet genererade flera hundralappar i intäkter och tillsammans med donationerna kunde det bli tusenlappar. Tittarna trodde starkt på Oscars arbete, och för många av våra följare var det gamla svenska traumat med statsministermordet äntligen på väg att få sin lösning. Det var den unga, sanningssökande internetgenerationen som skulle göra det jobb som staten misslyckades med i decennier.

Jag livade upp min tillvaro så gott jag kunde på båten. Jag tog promenader vid vattnet och hade ibland svårt att hitta tillbaka till rätt plats. En kväll tappade jag min mobiltelefon, den sjönk till botten, en annan dag var det datorn som fick skärmen krossad. Det gick att jobba hyggligt ändå trots att halva skärmen var becksvart.

Jag och Oscar träffades aldrig, fastän han var bosatt i Stockholm. Inte heller på sin kanal visade Oscar någonsin hur han såg ut. Han delade alltid sin skärm i sina filmer, där man såg den audiofonetiska mjukvaran med ljudkurvan från LAC-bandet. Ibland såg man en mikrofon med ljudteknisk hårdvara i bakgrunden, aldrig ett ansikte.

Oscars följarskara växte snabbt. Han var det nya heta inom Palmemordet. Alla snackade om honom. Äntligen skulle sanningen komma upp till ytan, det var en vanlig kommentar på hans kanal. Kritiken mot honom var bara bevis på den stora mörkläggning som fortfarande rådde kring Palmemordet.

Oscar intervjuades i olika obskyra alternativmedia där han redan hade skakat om många lyssnare med sitt arbete med LAC-banden. Oscars ljudtvättning var en ögonöppnare för många som redan förstod vilken enorm mörkläggning som rådde i träsket Palmemordet. Genom Oscars arbete fick man vatten på sin kvarn om hur djupt rättsrötan gick.

På Flashback gick snacket att Oscars följare var sinnessvaga. Vissa skrev att han utnyttjade mig för att dra till sig mina följare, att han friåkte på min kanal som var etablerad. Vissa skrev att jag också hade trillat ner i konspirationsdiket, jag som hade börjat som en seriös journalist. Vissa skrev att jag borde akta mig, att jag äventyrade min seriositet och min journalistkarriär genom att samarbeta med Oscar. Vissa liknade redan min journalistik vid barnjournalen. Andra sa att jag var dåligt påläst, en kritik som jag tyckte var överdriven.

Värmen stekte, svetten rann och jag var konstant uttråkad. På båten fanns en gitarr. Jag skrev två låtar om Palmemordet. E-strängen längst ner gick sönder och sedan G-strängen.

Slut på allt roligt.

Jag kontaktade en journalist som jag kände, en av de kreddigaste experterna på Palmemordet, Gunnar Wall. Jag reste till Uppsala och lät honom lyssna på Oscars ljudfiler samtidigt som jag filmade hans reaktioner. Gunnar satt en lång stund och lyssnade under det vackra trädet där solen spelade med sina strålar. Han ville lyssna igen och sedan igen. Men han hörde ingenting. Bara mummel.

Det blev en video av min Uppsalaresa. Oscar blev arg på mig för det jag hade gjort. Sådär kunde man inte arbeta – sitta utomhus och lyssna i ljudsnäckorna. Dels för att ljudsnäckorna inte var optimala, men framför allt för att ljudet utifrån – träd, fåglar, sorl från människor – störde lyssningen. Fattade jag inte det?

Jo. Men jag tyckte testet var en kul grej.

Men det var inget argument, tyckte Oscar. Ljudfilerna tillhörde honom, han ville styra hur de användes och i vilka sammanhang.

Jag försökte be om ursäkt, men det kändes som jag hade tappat hans förtroende.

Så var det också.

Oscar gjorde en video på sin kanal och jag gjorde en video på min om vårt nedlagda samarbete. Oscar redogjorde, diplomatiskt, att separationen berodde på "olikheter i arbetsmetoder". Jag lät mer beklagande i min video, fastän fortfarande nyktert konstaterande, när jag sa att samarbetet inte längre fanns – men att vi skulle fortsätta arbetet med Palmemordet på våra separata kanaler. Jag spelade in min sorgliga video sittande på trapporna upp mot Brunkebergsåsen, samma väg som mördaren flydde från mordplatsen den 28 februari 1986.

"Jag kan inte säga mer om avslöjandet just nu. Men det är polisspåret som gäller", sa jag till mina följare.

Innan det stora avslöjandet gjorde jag ombord på min båt en film där jag läste ur före detta polisen och numera riksdagsledamoten Anti Avsans förhör med Palmeutredningen. Jag betonade det märkliga i att han inte tycktes minnas om han var i tjänst under morddagen. Vem kommer inte ihåg vad han gjorde dagen när Sveriges statsminister mördas?

Spänningen steg. Följarantalet likaså. Pengarna dök till min båt likt fiskmåsar. Förväntningarna var skyhöga hos mina följare.

I slutet av juli, efter ett långt utdragande, avslöjade vi namnen på konspiratörerna som Oscar hade lyckats separera fram ur LAC-banden där Avsans namn var ett av många namn. Ljudfilerna publicerades på Oscars kanal tillsammans med en transkribering. Jag gjorde en video som pekade vidare till Oscars kanal, för det var allt jag hade tillåtelse till. Jag gjorde därefter ett antal videor som drog in ganska stora summor annonsintäkter och pengadonationer där jag tog upp allt som tydde på att polisen varit inblandad i Palmemordet.

Många följare blev eld och lågor, andra ställde sig frågande till våra fynd – de hörde bara blurr och mummel i ljudfilerna.

Vi blev kritiserade av en annan kanal som drevs av privatspanaren Esajas Larsson. Han gav i en stor podcast om Palmemordet kritik för att vår metod bar likheter med det så kallade rorschachtestet. Han kritiserade min journalistik och tyckte att jag borde vara kritisk mot Oscars så kallade "fynd" istället för att blåögt ge en sådan charlatan en plattform.

Jag ställde upp i ett inslag för samma podcast och försvarade Oscars fynd. Jag hävdade att detta att vaska fram namn från LAC-bandet var något unikt, något nytt, och värt att ge uppmärksamhet. Jag själv exempelvis kunde höra namnen som Oscar påstod uttalades på bandet. Namnet "Avsan" var ett sådant namn som jag kunde urskilja; därmed trodde jag inte nödvändigtvis att han höll i revolvern. Andra kanske inte hörde vad som sades på LAC-bandet, det var bara så det funkade. Jag tyckte Oscars arbete var värt uppmärksamhet. Jag påpekade att Esajas Larsson – och jag också för den delen – saknade den expertis som Oscar hade. Så vi hade inte rätt att kritisera.

Mitt och Oscars avslöjande väckte många känslor. Vissa kände sig snuvade på pengar och att förhoppningarna om ett stort avslöjande hade grusats. Många tyckte min journalistik hade trillat i diket ordentligt, att nya bottennivåer var nådda. "Sensationsjournalistik" löd ett epitet. "Klickbete" ett annat.

På Flashback växte det en mindre smickrande tråd om mig och mitt journalistiska arbete. Vissa kommenterade min bostadshistorik och skrev att jag verkade leva i en kappsäck.

En Flashbackskribent skrev: *"Balder har snöat in totalt på totalt okvalificerade analyser av det där LAC-bandet och tror att han ska hitta lösningen där. Han hintar om att det kommer något stort snart, men det kommer aldrig någonting. Vi får bara fler videor där han tigger pengar. Säger inte det någonting?"*

Någon annan skrev: *"Balders intresse för Palmemordet verkar mest vara ett sätt att kunna driva omkring i Stockholm för tiggeripengar istället för att ta ett vanligt jobb. Det han presterar är ju knappast något som kräver ens en halvtid. Om man jämför med grabbarna bakom Palmemordspodden så har ju dessa riktiga jobb (åtminstone en arbetar som lastbilschaufför) och spelar in sina poddar och researchar för dessa på fritiden. Balder är i jämförelse oerhört improduktiv och jag förstår inte att någon vill skänka pengar till honom."*

Dessa ord var jobbiga att läsa. Tyvärr var ju forumet Flashback som det var: ett hak för alla möjliga tragiska existenser som gillar att ordbajsa och sprida rykten. På journalistlinjen hade jag lärt mig att Flashback var nästan totalt värdelös som källa. Man skulle ta det som stod där med en rejäl spade salt.

Vissa Flashbackskribenter var mer resonabelt inställda. En skrev: *"Balder borde vårda sitt personliga varumärke. Han tycker väl det är hans rättighet att få sitta och kröka och streama, men eftersom han försöker försörja sig på sin kanal borde han fundera vilken framtoning han väljer. Inte sitta och göra video på ett sunkigt hotellrum med obäddad säng. Men jag gillar honom och hoppas det går bra för honom."*

En annan skrev: *"Att han inte är en välstruken slipsjournalist är ju det som gör Balder till Balder. En äkta journalist tar till flaskan ibland mellan orden, det är sen gammalt. Han skapar ju egentligen bara True Crime-program. Att han skulle lösa Palmemordet är befängt – men det är resan dit som räknas. Jag tror i och för sig att båtlivet inte är så passande om man är en 'gungig' människa. Han behöver fast och stilla mark. En husvagn vore bättre."*

Hösten smög sig på. För min del var det slut på idéer om Palme-mordet. Oscar däremot fortsatte rida på vågen och publicerade mer och mer material om LAC-banden eftersom det var han som ägde mjukvarorna och expertisen. Han öppnade en webbsida där fansen kunde köpa hans ljudfiler i okomprimerad, högupplöst kvalitet.

Båten skulle flyttas. Ingen vänlig själ kunde ta emot mig i sin lägenhet längre. Jag var tvungen att återvända söderut. Jag skrev mig utomlands men begav mig till en polare i Varberg, Jörgen. Jag bodde på soffan hos honom, hade ångest dagligen och funderade mycket på framtiden.

Jag reste till bokmässan i Göteborg där jag intervjuade Lena Andersson om hennes nya roman som var inspirerad av Palmemordet. Det blev många klick, men hon irriterade sig lite på att jag ständigt talade om Palmemordet. Hennes bok handlade tekniskt sett inte om *Palmemordet*, utan var en fiktiv berättelse som bar stora likheter med vårt statsministermord – hon lekte med idéer.

Alla följarna såg det dock som jag. De sket i det fiktiva och ville höra henne prata om verkligheten.

Många följare hade börjat irritera sig på min attityd. Det stack i ögonen att jag befann mig ombord på en båt och spelade gitarr. Att jag försov mig ombord på ett tåg. Likaså att jag vägrade ta ett vanligt jobb på ett lager. Något som jag i och för sig kan förstå. Verkligheten för de allra flesta människor innebär att träla på hårda golv sju till fyra. Men jag har aldrig velat bli en sådan. Man lever bara en gång.

Jag bodde i Varberg hos min polare Jörgen ett tag, och sedan hos pappa där det fanns gott om plats. Det blev inte särskilt lyckat. Ständigt återkommande konflikter. Han begriper sig inte på min generation. Själv är han född in i den bästa tiden som Sverige har sett – en tid med stor förökning och en svällande välfärd.

"Skaffa ett jobb" – det är lätt att säga!

Jag har verkligen försökt skaffa ett jobb – alltså uppdrag – och jag har faktiskt numera en viss inkomst. Att den sedan inte räcker till för ett liv ensam i ett hus eller en lägenhet är en annan sak. Hade folk bara varit lite mer välvilliga istället för kritiska mot mig hade livet varit enklare. Jag brukar påpeka det på min kanal ibland när jag ber om donationer, att om alla som ser mina filmer (som är gratis) bidrog med tio kronor var – tio ynka kronor som alla egentligen kan avvara – så hade jag haft hundratusen spänn direkt. Tio kronor från var och en är allt som krävs! Men så blir det aldrig. Folk ska tydligen avnjuta mina filmer gratis. Och då blir jag beroende av andras välvilja. Som pappas. Varför ser han inte det uppenbara? Han som är präst och allt.

Det behövs lite smörjmedel för att skriva ner det här. Ett av våra bråk blev nämligen riktigt elakt.

För det mesta försökte jag hålla en låg profil när pappa var irriterad, men ibland lyckades jag inte. Det var som vanligt min framtid som kom på tal – var jag skulle bo, var jag skulle arbeta ... Jag minns inte om det var en CD-skiva eller en odiskad tallrik eller några brödsmulor som glömts framme som orsakade bråket, det kan ha varit något helt annat också, något lika trivialt – orden däremot kommer jag ihåg exakt.

"Har du tänkt dig att bo här för alltid?"

Orden ljöd alldeles klara och tydliga inuti det stora huset.

Av någon anledning var han provocerad av min livsstil, precis som vissa av mina följare var som antagligen tillhörde samma generation. Men just den frågan från pappa – att insinuera att det vore *fel* om jag bodde hos honom för alltid – gjorde att mitt hjärta exploderade i någonting svart. Min röst blev oväntat sylvass.

"Har du inte en plikt att ta emot mig, kanske?"

Ordet "plikt" var som en vass pil – något som naglade fast pappa – något till och med obehagligt för mig att ta i min mun. Obehaget gjorde att jag sopade bort ordet redan med nästa mening.

"Det är ni föräldrar som fuckar upp era barn. Sen ska vi bli lidande för saker vi inte har rått för!"

Pappa, smal som en sticka, klädd i flanellskjorta, glasögon med grov båge, prydlig och skötsam från vagga till grav, stirrade på mig. De tunga tavlorna på väggarna stirrade också på mig, skänkte en tung känsla åt hela rummet.

Jag hade redan förlorat argumentationen. Jag hade redan förlorat all rätt, om jag någonsin ägt någon rätt till något.

"Balder ..." sa pappa, och namnet låg fel i hans mun, för det var inte han som hade gett mig det namnet för mer än trettio år sedan. "Dina anklagelser är helt uppåt väggarna. Jag har inte högt ställda krav på dig, tycker jag, men det är min fasta åsikt att du behöver komma vidare i livet."

"Gärna det!" ropade jag. "Men hur! Det har ni aldrig kunnat svara på."

"Du bor här hemma och tar för dig som om du ägde allt!"

"Gör jag?"

"Du betalar inte ens din hyra."

"Nej ... Men du vet ju varför."

Pappa lät nu irriterad. Masken var dåligt fäst. Han betonade nästan vartenda ord.

"Det är dags att ta ansvar."

"Och vad betyder det?" frågade jag.

"Det är dags att börja tänka realistiskt."

Jag slog ut med armarna. Jag trodde inte det var sant det han sa och ändå var det sant. Jag utbrast i ett anklagande försvarstal.

"Och din så kallade kristendom då? Vad betyder den i sammanhanget? Ingenting, kan jag tala om för dig. Den betyder ingenting! Inte ens djuren är så här känslokalla! Du finner inte en religiös människa i djungeln som behandlar sin avkomma som du gör!"

Sedan smashade jag: "Om det finns någon orealistisk människa i det här huset så är det du!"

Jag höll på att svära och säga till honom att han var en boomer, men det var tur att jag lyckades hålla mig på rätt hylla i ordförrådet. Pappa hatar svordomar – hatar dem mer än alkohol – hatar dem som något svart magiskt.

Pappa bad mig sedan att flytta från huset.

"För det här funkar inte."

"Funkar inte?" ropade jag krampaktigt. "Vadå? Varför funkar det inte?"

Nej, tänkte jag. Om man ständigt går omkring och föraktar, och ser ner på andra för att de inte har haft det lika lätt i livet, så är det väl inte så konstigt om det inte funkar. Om man är en präst som inte kan bete sig kristet mot sin egen son – vad är man då?

Fy fan. Pappa är en boomer mer än en kristen. Han är en sådan som gillar att undervisa andra om än det ena, än det andra, förklara lagar och regler och varför det finns samveten i världen.

Jag förstår inte vad det är för fel på honom. Han ser väl mina problem? Han ser väl ändå verkligheten?

Lösningar ser han inte!

Jag fyller upp mig för nu behöver jag verkligen koppla bort mina svåra känslor.

Dagen innan nyårsdagen, min födelsedag, gav jag mig av. Jag ställde in ett deltagande på en nyårsfest, packade min väska och bäddade sängen likt en glödande kolbädd. Överallt på stan sprängdes fyrverkerier, det dånade som om Tredje världskriget nyss hade börjat. Jag sov i Varberg hos Jörgen, ringde Jonas och berättade om läget och han förstod. Jag tog första tåget på morgonen upp till Borås, sedan vidare till Jönköping där Jonas hämtade mig med bil. Jag sov fem timmar innan Jonas fick höra hela historian.

Och där är jag nu.
Jonas har räddat mig.

Jag och Jonas lärde känna varandra för sex-sju år sedan när jag gick på journalistlinjen. Jag kände redan till honom, främst genom hans konstarbete, inte så mycket till person. Under filmkursen skulle vi öva på intervjuer med intressanta människor och det var då jag kontaktade honom för att fråga om han var intresserad av att bli intervjuad. Det tackade han ja till direkt. Vi gjorde den första intervjun i en tom hotellrestaurang i Jönköping. Nästa steg togs när jag kom ut till hans hus och filmade honom i diverse situationer, exempelvis när han rengjorde penslar eller sorterade färgtuber – klippbilder.

Vi åkte till hans ateljé i Jönköping och filmade honom bland tavlor och skulpturer.

Det gick ganska bra för honom i livet. På 90-talet hade han bott i Stockholm och arbetat för SVT i något livsåskådningsprogram. Han hade samarbetat med min egen idol, Robert Aschberg. Jonas försörjde sig numera som mångsysslare – ståuppkomiker, målare, skulptör. Han sålde sina skapelser dyrt, vilket gjorde att pulsen steg i mig. Jag kände som ett hugg i hjärtat, fastän jag inte förstod varför. Troligen för att livet var fyllt av möjligheter, *möjligheter*, till och med ute i en skog som denna – man kunde försörja sig på sin passion var som helst på jordklotet – om man satsade allt.

Man behövde begåvning. Visst, men mer tur än begåvning. Och man behövde känna rätt personer.

Jag fångades av Jonas energi, hans driv, hans humor, hans orädda attityd till allting, hans värld av oanade möjligheter, hans syn på mänskligheten som outnyttjad potential. Jonas utstrålade samma nyfikenhet som jag själv drivs av, ett barn av en annan tid och ändå samma slags energi.

Allt var i ett enda kaos i hans vardagsrum – stafflier, hinkar, burkar, tavlor, allt i ett sammelsurium. I ateljén i Jönköping jobbade han på en installation där det kvinnliga könsorganet skulle spela huvudrollen i form av en gigantisk modell där besökarna till utställningen skulle få krypa in genom blygdläpparna. Det var ett budgetprojekt, förklarade Jonas. Helst skulle han vilja bygga upp en modell av en hel kvinna i förstoring, stor som en jätte. Tanken bakom installationen var att konstpubliken skulle reflektera över om inte all sexualitet var ett slags våldtäkt.

"En förlossning är en våldtäkt inifrån", förklarade Jonas.

Ett par år senare blev Jonas ökänd i media när han ifrågasatte statens vaccinationsprogram mot Covid-19. På internet spreds ett ljudklipp där han skrek i telefonen till en journalist att staten hade stulit miljarder kronor och bränt det på vaccinationer och PCR-tester – *"Det är en stöld från Sveriges ungdomar!"* skrek Jonas i telefonen.

Antagligen hade han bland annat mig i åtanke.

I Stockholm genomförde han en protest tillsammans med ett hundratal andra där han höll upp ett plakat "för införandet av strikta förbud mot demonstrationer". Det var sinnebilden av hans humor.

Jonas började synas i alternativa mediekanaler där han snackade om att vissa komiker i den svenska komikereliten föraktade vanligt folk. Dessa kändiskomiker fick ha vilka föraktfulla åsikter de ville eftersom de hade *rätt* slags åsikter, *rätt* fördomar och *rätt* förakt. För ett förakt var det. Tveklöst. Och att alla typer av eliter föraktade den lilla människan var sedan gammalt. Det behövde man egentligen inte argumentera för. Det nya var bara att folk idag lät sig pissas på utan att förstå att de var elitens urinoar. De halsade pisset från journalistkåren som inte gjorde sitt jobb utan istället brännmärkte läsare som tänkte själva. Journalisterna skrämde folk så att de inte vågade tänka själva och kritisera makten. Ett *svek* var vad det var.

På avstånd följde jag när Jonas under förra vintern framträdde på WakeUp-conference, där bland annat en förintelseförnekare också föreläste, och där en annan föreläsare talade om hur autism och homosexualitet var detsamma som besatthet av Djävulen. På konferensens hemsida stod det: *"Världen vaknar upp. Aldrig förr har förtroendet för makthavare och samhällssystemet varit så lågt samtidigt som vi har ett enormt spirituellt uppvaknande och de två hänger såklart ihop. Det handlar om ett skifte i medvetande."*

Jonas hade de senaste åren hamnat ordentligt ute i kylan. Han kallades "rasist" av komikerkollegor, vilket han menade var ren kogödsel. "Rasist" hade han aldrig varit, aldrig någonsin, det epitetet betydde ingenting idag. Det betydde helt enkelt att han ansågs som en "suspekt typ", eller en "farlig typ", vilket kanske inte var så dumt, enligt Jonas. Vem var han farlig för? Jo, för eliterna som satt vid sina köttgrytor och i pauserna urinerade på vanligt folk. Jonas syntes inte längre i traditionell media, men han hade gig på företag, events och andra ställen på småorterna. Tavlorna såldes numera billigt, enligt Flashback.

Jag och Jonas höll sporadisk kontakt under åren. I januari fick jag bo hos honom i utbyte mot att jag dokumenterade hans liv i rörlig bild för en amatördokumentär som jag lovade klippa ihop. Det projektet har jag igång som någonting lågintensivt i bakgrunden till allt annat jag gör. Ibland filmar jag Jonas i privata situationer och gör spontana intervjuer där han får utbrott över något jag säger. Utbrotten är oftast ett spel, en teater, för när kameran är avstängd är han lika lugn som vem som helst – med en inre frustration som många män här ute i spenaten delar.

Jag sitter i ett hörn av det stora, stökiga rummet.

"Kameran rullar."

Jonas tittar på mig, spelat frågande.

"Jaha. Vad ska vi snacka om?"

"Kom på något."

"Ska *jag* göra det?"

"Improvisera", säger jag.

Jonas flinar överlägset.

"Ja, men du måste väl ha en idé? Något du ska fråga om?"

"Det är ju din dokumentär", påpekar jag för Jonas.

"Ja, men för helv–" Jonas skrattar uppgivet. "Du måste väl engagera dig *lite* i alla fall? Tror du att du kan bo här gratis mot att bara starta kameran och låta den rulla? Utan att ens ställa frågor? Utan att vara en *liten* gnutta *intresserad*?"

Jag funderar ett par sekunder.

"Vad har du på schemat framöver?"

Jonas viker ner blicken och funderar.

"Ja, det är ett uppträdande nere i Ljungby i helgen."

"Ljungby, var ligger det?"

"Är det inte där han Claes Hedberg bor?" säger Jonas.

Jag letar i minnet och tror att Jonas kan ha rätt. Från poddar tycker jag mig minnas att Claes flyttade, nästan flydde, hals över huvud, till Smålands inre för att komma undan Säpo och andra som bröt sig in i hans lägenhet och la ner ampuller i hans mat, eller skruvade loss rattens fästen i hans bil – allt för att han skulle förolyckas innan sanningen om teatermordet på Olof Palme avslöjades för allmänheten.

Claes Hedbergs teori är att Palmemordet aldrig inträffade, att allt var en teater för att smuggla ut en aids-sjuk statsminister till ett slott i Frankrike. Galning, tänker jag, innan jag minns att det ordet är förbjudet här hemma hos Jonas – "ett omodernt, totalt intetsägande ord", enligt honom.

"Är kameran på?" frågar Jonas, eftersom han märker min mentala frånvaro.

Jag rycks tillbaka, nickar. Men genast börjar jag tänka på Palmemordet igen.

"Vad tror du om teatermordet?" frågar jag.

Jonas ser äntligen lite upplivad ut.

"Jag älskar den teorin! Den är just så galen som jag vill ha en konspirationsteori."

"Tror du på den?"

Nu viker Jonas ner blicken, han funderar – slingrar sig.

"*Tror* ... det är ett starkt ord."

Jag låter Jonas snacka om teorin samtidigt som han skrattar åt sig själv, eller snarare åt teorin, eller bara åt det faktum att han tror på en så märklig idé som att Olof Palme umgicks med småpojkar, fick aids, var trött på offentligheten och ville ha ett nytt liv, och då smugglades ut ur Sverige och fördes till ett franskt slott.

Jag har märkt att många som tror på teatermordet menar att sanningen äntligen har kommit fram, att media mörkar Palmes mörka sida. De tänker inte ens på att teatermordet är tekniskt omöjligt. Men Jonas sitter här i sitt hus och gillar teorin – för att den är just så galen som han vill ha en konspirationsteori. När han har tystnat märker han på nytt min mentala frånvaro som han givetvis beklagar högt inför kameran.

"Hallå?" säger han irriterat.

"Vad tänker du om världsläget?" frågar jag.

Jonas spelar en kort tvekan.

"Ja, jag tänker väl som de flesta andra gör. Att det känns jävligt skakigt. Jag menar, vi har en president i Staterna som verkar ha Alzheimers. Vi har en annan kandidat som hotar lämna Nato så att vi ställs under ryskt inflytande genom alla högerradikala partier som också växer, på grund av att vi har en sån förbannat undermålig offentlig debatt i det här landet."

Jonas höjer rösten medan han talar – det blir som ett ilsket, frustrerat ropande i spenatens tystnad.

"Sen har vi krig i Ukraina, där ammunitionen håller på att ta slut, för att vi saknar ledarskap i Väst. Vi har kärnvapenhotet. Vi har klimatkatastrofen som gör jorden obeboelig. Vi har djur som dagligen lider i livsmedelsindustrin, djur som föds upp för att slaktas. Vi har journalisterna som inte gör sitt jobb."

"Vad är det för jobb?"

Jonas stirrar på mig.

"Att granska makten, så klart."

"Är du rädd för det? Allt detta?" frågar jag.

Jonas sitter tyst, han hamnar ur fokus eftersom kameran letar efter rörelser, men borta vid Jonas är det helt stilla.

"Du får klippa i detta sen. Okej?"

"Ja ... Eller du får göra det."

Jonas får ett utbrott.

"Ska *jag* redigera min egen jävla dokumentär?"

"Ja, varför inte? Då får du ju full kontroll."

"Det är väl för helvete *din* roll som filmare att klippa?"

Jonas skakar på huvudet åt mig. Jag går över till nästa ämne.

"Du jobbar som konferensvärd?"

"Jag säger det ibland, ja ... att det har blivit så. Problemet är att det inte finns potential längre i komiken. Allt har blivit en tom underhållning. Man är en clown till kaffet."

Jonas kritiserar komikereliten som är som resten av etablissemanget: fega ryggdunkare.

"Man sitter vid köttgrytan, och ingen ifrågasätter *kvaliteten*. Det viktiga har blivit att man är inne i svängen på nåt sätt ..."

Det är mörkt vid fönstren, man kan inte se ut. Jag och Jonas pratar vidare. Men det lyfter inte. Jonas märker det men inte jag, eftersom jag är mentalt frånvarande.

"Varför ska jag behöva ha åsikter om allting?"

Jag hinner inte säga något innan Jonas fortsätter.

"Vi har hamnat i ett sladderkärringtillstånd. Vad är det för jävla samhälle vi har fått? Folk tar bilder på sin mat och laddar upp för att få *bekräftelse* på att de lever och är verkliga. Det ska kommenteras hela jävla tiden till höger och vänster. Och så finns det vissa som tjänar miljoner på att resa runt och föreläsa om att detta får du säga, och detta får du inte säga."

Jag gör ett tecken med ena handen att Jonas ska fortsätta, för det börjar hetta till.

"Som ena riktiga sladderkärringar", lägger Jonas till.

Sedan blir det tyst.

"Men vad gör *du* då?" frågar jag.

"Vadå?"

"Du reser väl också omkring och kommenterar saker?"

"Jo ... Men det är ju en annan sak."

"Varför då?"

"Men är det inte tydligt?" säger Jonas.

En absurd tystnad uppstår – eller bara en tystnad. För Jonas är det ingenting som är absurt med att vara inkonsekvent. Han ser inte sig själv som möjlig att kritisera.

Jonas får ett nytt utbrott.

"Det här är väl för helvete inget sladder! Ser du inte skillnaden, Balder?"

Jag tiger. Det är en bra metod. Jonas stirrar på kameran som letar fokus. Sedan byter han ämne.

"Din bok, hur går det med den? Vet du, jag tänkte på att du inte har en enda skildring av ditt eget utseende i hela boken. Eller av mitt utseende. Det måste man väl ha? Lite scenerier? Lite bakgrund?"

Jag vet inte om det stämmer men säger inget. Jonas skrattar. "Du kan ju skriva att jag ser för jävlig ut. Men att jag var snygg när jag var ung. Det kanske räcker?"

Jag skrattar också torrt åt Jonas ord, men jag tycker inte Jonas ser dålig ut, han har ett väldigt symmetriskt ansikte och han klär bra i sitt gråsprängda hår och sina kantiga nördglasögon.

Jonas byter ämne och pratar om sin ensamstående mamma som bor på ålderdomshemmet, och om sin tuffa uppväxt på Öster i Jönköping. Han föddes "utanför äktenskapet" som det hette på den tiden. Som barn fick han cykla med sina syskon till skolan oavsett väder och ansvara för att handla mat. Ingen bäddade in hans barndom i bomull.

Jonas pratar och jag är frånvarande. Som tur är står kameran på och sparar vartenda ord om hans elaka styvfarsa.

För egen del tänker jag aldrig på min uppväxt. Det viktigaste som jag har fått med mig från min uppväxt är viljan att krossa fasader. Jag hatar dogmatiska personer, inskränkta stackare. Jag är född att vända på varje sten. Jag är mer journalist än många andra journalister eftersom jag är på jakt efter sanningen – på riktigt. Sådant, och annat liknande, inser jag i samvaron med Jonas. Jag har alltid varit en sanningssägare – en nyfiken skit – och det vassa i mig har gett goda anlag för mitt yrke. Jag kan konsten att avslöja, sätta ord på saker, se igenom lögner, dra ner byxorna där det behövs och peka på nakenhet, som i den berömda sagan om kejsarens kläder. Den sagan handlar om journalistens roll.

Jag är ointresserad av politik, av höger/vänster-frågor – jag tycker båda har sina poänger och jag vill utforska allt!

Men ibland verkar det som att jag är född i fel tid.

På journalistlinjen hade vi en lärare som var en gammal journalist. Han berättade om de osunda ideal som fanns på den tiden när han själv var ung i yrket. Stressen var hög innan kvällens pressläggning och när arbetet för dagen var klart var det mer regel än undantag att flaskan ställdes fram. Och hela tiden rökte man – även inomhus. "Det fanns ett machoideal på den tiden", som läraren sa, skuldmedvetet.

Var han verkligen uppriktig i sitt beklagande? Sörjde han inte den gamla goda tiden? I hemlighet tyckte jag att det lät som om något hade gått förlorat – något åtråvärt. Jag tyckte exempelvis att programmet Diskutabelt med Robert Aschberg var uppfriskande. Inte så stelt och pretto utan mer pang på rödbetan. Folket fick tala, man fick tända en cigg i sändning. Jag har gjort egna försök att skapa lite av samma "stämning" i mina livesändningar.

Min insikt: Nittiotalet är definitivt över.

"Tack och lov har värderingarna ändrats", sa läraren till oss elever.

Han skulle bara veta hur privilegierad han var! Han fick vara med och njuta av de goda åren, och han fick vara med och ångra sig när det stod högt i kurs att ångra och moralisera.

En sak som pappa brukade säga: "Man ska alltid tala sanning."

I predikningarna var han mer nyanserad (men jag minns det bara vagt), han sa att man ska tala sanning i kärlek.

I kärlek … Vad menas med det?

Ska man vara fylld av kärlek när man talar sanning? Vilken sorts kärlek ska man ha? Ska man sväva på moln?

Ska man vara euforisk?

Sanningen att säga saknar jag kärlek. Alltså kärlek till mänskligheten. I alla fall när mänskligheten skapar organisationer som beter sig förtryckande och kontraproduktivt – som stjälper istället för hjälper.

49

Ärligt talat: Det blir mer och mer omöjligt att skapa en ljus bild av det här samhället.

Vad är en människa utan kärlek? Jag antar att man ständigt är hungrig – en hunger som inte stillas. En statusjakt som aldrig blir färdig. Såvida man inte blir en Elon Musk eller Steve Jobs – då är man färdig och kan älska. Med en miljon på banken, då tror jag att till och med jag kunde vara i form att älska mänskligheten.

Jag är ensam i husets källare. Jonas är i garaget och målar på en tavla. Det luktar bränt, det är bra, men jag vet inte om jag har gjort rätt. Jag sökte på nätet och hittade en film, och nu står jag och tittar på elden som tuggar i sig tussarna av tidningspapper. Jag hoppas att veden ska börja brinna så att huset snart blir varmt. Gamla tidningar ligger överallt på cementgolvet, Barometern, Jönköpingsposten. Jag tänker att det här är en symbol för allting omkring mig. Det brinner upp. Kvar blir en källare, ett skyddsrum utan utsikt.

Det här är en större källare än det först verkar. Jag går omkring för att hålla cirkulationen igång, och för att det luktar så gott av bensin, trä och rök. Jag känner en svag doft av fuktig jord som ger en föraning om varmare tider.

Intill pannrummet hittar jag det chockerande konstverket Vulvan som Jonas arbetade med under min tid på folkhögskolan. De ljusrosa Wettex-trasorna hänger kring hålet, förtorkade och stela. Men fortfarande är de sammansatta i sin ursprungliga form. Lappverket av trasor ser absurt ut i den här miljön, bland sågar och oljekannor. Det ser absurt ut samtidigt som det är ett konstverk med viss omisskännlig naturtrohet. Ingen kan missa vad de sammansatta Wettex-trasorna föreställer. Jag blir lite provocerad till och med. En gubbe som tar sig rätten att avbilda ett främmande könsorgan på det här sättet. Tiderna flyr sannerligen.

I minnet flyttas jag tillbaka till gamla tider när det fanns en framåtrörelse i mitt liv, när jag bodde i Stockholm de första vändorna. Mitt liv kändes mer ordnat på den tiden, eller om det kanske beror på att det fanns hopp om en framtid på någon av dagstidningarna? För varje flytt mellan polare och bekanta gjorde jag mig av med fler och fler grejer. I förrådet hos pappa fanns det snart bara kvar ett par böcker och en mindre CD-samling. Det var ingen lönt att spara på saker, för ju mer jag hade desto smärtsammare för min rygg. Jag märkte att även om jag redan ägde få saker så verkade det inför varje flytt ändå alltid som om jag ägde för mycket – alltid hade jag mer än jag använde.

Det enda oundgängliga i mitt liv var, och är, datorn med programvarorna. Likaså min mikrofon, min kamera, i viss mån även min diktafon. Telefon klarar jag mig utan långa perioder eftersom jag har en tendens att förlägga dem eller bli bestulen, ofta ombord på tåg när jag sover.

Jag går ut till pannan igen och konstaterar att elden har tagit sig. Jag lägger på mer ved och stänger luckan så att elden förvandlas till ett dovt, rogivande muller i bakgrunden. Jag känner ett oväntat styng i bröstet av längtan tillbaka till Stockholms gator.

Men var skulle jag bo? Jag vet billiga hotell där man kan bo en månad för sex tusen kronor. Men då har jag inte pengar att leva. Jag längtar ut till Europa, men inte under vintertid. Jag sitter fast i omständigheter som jag kände till redan på förhand. Jag visste att det skulle bli svårt att försörja sig som journalist. Alla sa det till mig, inte som avskräckning men som en påminnelse om verkligheten. Men jag var ung och tänkte i mitt stilla sinne att jag kanske var ett undantag. Jag tänkte så eftersom jag behärskade video, ljud, skrivande. Jag kunde spela gitarr, och jag var mer nyfiken än journalisterna som jag såg på teve. Det skulle nog gå bra för mig. "Det löser sig", var min ständiga tanke.

A-kassan var en annan möjlighet. Att först kvalificera sig och därmed få lite fotfäste i tillvaron, kanske resa ...

Jag hukar mig ner och håller fram händerna mot den tjocka järnluckan. Värmen är behaglig mot händerna. Luften är rå, snön faller och smälter, faller och smälter, jag vet inte hur många gånger det har skett under den här vintern – samma cirkel av snö och smältvatten. En kyla som bor i luften och gör fötterna ständigt kalla. Jonas svär över vädret, men det är som om han kommer på sig själv hela tiden, sina omständigheter, sitt privilegium – att han i alla fall inte lever i ett krig. Eller så tänker han på mig, att han i alla fall inte delar mina usla livsvillkor.

"Some people feel the rain. Others just get wet."

Jonas säljer sina tavlor och han har sina gig. Han är ute i kylan men han är ändå ett namn. Han etablerade sig redan på nittiotalet, det är en lyx som jag inte har. För mig är allt arbete som att så korn i en blåsig, ändlös vinter där inget kan växa. Det är totalt omöjligt att stadga sig om man inte slår igenom på riktigt. Eller går över till "the dark side" och blir kommunikatör. Där finns det pengar att tjäna, men då är man inte någon som granskar makten längre – då faller man ur nåd från allt vad kollegor heter. Framtiden som journalist krossas som en soldatskalle av en slägga i en rysk tortyrkammare.

Jag går ut till Jonas som står i garaget klädd i ett mörkblått blåställ. Han har en tjock ribbstickad polotröja under. Han målar inte, han sorterar glasburkar i en grå plastback. Jag startar kameran, zoomar in och frågar honom vad han sysslar med ute i kylan. Jonas dröjer en stund innan han svarar med sin välartikulerade och lite snäsiga röst:

"Vad man gör ute i kylan spelar inte så hemskt stor roll."

Han håller upp en canvas som jag zoomar in på.

Målningen föreställer en älg med brutna bakben inne i en skog. Han har målat mycket sådant den senaste tiden, förolyckat vilt med olika trafikrelaterade skador. Han kom över ett parti fotografier från en lokal jägare som avlivar vilt ute på de småländska vägarna.

Kameran letar fokus i garagets dunkel och Jonas börjar prata med sin tydliga, snäsiga och aningen gnälliga röst som innehåller många betoningar – han talar med en melodi som gör åhöraren fängslad och intresserad av vad helst han har att säga.

"Vet du hur jävla *brutalt* det är att köra på en *älg?*"

Jag skakar på huvudet.

"Vet du vad det är man dör av?"

"Tyngden?"

"Nej, nej." Jonas skakar på huvudet och ställer ner tavlan. "Man dör av att älgen sprattlar. Den sprättar upp en levande där man sitter bakom ratten. Den sparkar en så att nacken går av."

Jag sväljer slem och byter grepp på kameran. Jonas skrattar åt sig själv, som om det han berättade var ett absurt skämt och att jag inte förstår det. Jag går vidare med mina frågor.

"Finns det någon personlig koppling mellan dig och motivet?"

"Nej, för helvete", fräser Jonas. "Det där är amatörteorier."

Jonas röst blir aningen teatraliskt högtidlig.

"Titeln på den här serien med tavlor är: 'Utanförskapets bild-mark'."

"Vildmark?" frågar jag.

"Nej. *Bild*-mark."

Jag upprepar orden bakom kameran och berömmer Jonas för den kreativa och fyndiga titeln.

"Det är inspirerat av Foucault", säger Jonas.

På bordet i garaget ligger ett tummat kollegieblock där Jonas skriver ner sina idéer. Han griper hastigt blocket och lämnar garaget. Han klagar på mig.

"Varför ställer du dig inte där borta och filmar istället?"

Han pekar upp mot huset.

"När du märker att jag är på väg att lämna? Va? Då hade du fått en sån där bra klippbild på mig när jag stänger garaget. Att du inte tänker på sånt, Balder? Din jävla amatör."

Det är svårt att avgöra om Jonas är vresig och sur på allvar eller om det är ett spel inför kameran. Det skulle kunna vara både-och.

Jag filmar hans vresiga ansikte.

"Du blev sur, Jonas?"

"Jag blir sur på amatörer", säger Jonas.

Jag levererar min invändning.

"Men det är ju du själv som har anlitat mig. I befintligt skick. Du har väl valt själv att inte anlita ett riktigt proffs? Eller hur?"

"Visst", säger Jonas. "Så kan man se det."

Han ser på mig, rakt in i kameran.

"Man kan också se det som att jag gör en god gärning."

Vi går in i huset och värmen. Jonas klagar på att det är kallt, han tar famntag om sig själv, klappar sig på axlarna, och ger sig av ner i pannrummet. Jag startar kameran igen, följer med ner för den skitiga trappan där det luktar starkt av rök eller brand.

"Men för helvete!" ropar Jonas.

Han stökar omkring där nere så att det slamrar. Han tystnar strax och verkar koncentrerad. Jag stapplar ner för trapporna och filmar honom där han står på huk vid järnluckan.

"Amatör som sagt", hostar Jonas.

Han tittar på mig, sänker rösten och blir pedagogisk.

"En sak som är bra att börja med i livet, innan man väljer att utbilda sig till journalist, det är att lära sig hur man gör upp en eld ... En eld, Balder."

Jag nickar instämmande.

"Absolut, Jonas."

Jonas ställer några av sina nyaste tavlor mot väggen i vardagsrummet där ett grått, neutralt ljus utifrån lyser in, och han griper sin budgetsystemkamera av märket Nikon, startar den och höjer den mot sitt ansikte och fotograferar sina tavlor, en efter en. Det klickar från kameran. Den förolyckade älgen i skogen ska gå för mellan två och tre tusen kronor, berättar Jonas. Om den alls säljer. Han har gjort den mest för övnings skull, för att öva teknik, hålla romantiken levande. Sedan startar han sin dator, matar in minneskortet och drar bilden till en byggsida som är kopplad till hans hemsida. Jag ställer mig bakom honom, zoomar in på skärmen där den korta beskrivande texten växer fram: "Förolyckad älg. Olja. 2000 kr."

"Fick du med det där?"

"Absolut."

Jag zoomar ut. Jonas intar en pose vid stolen som om han tänker djupt på något. Han säger till kameran att syftet med den här serien tavlor – "Utanförskapets bildmark" – är att belysa en maktordning i samhället som tar sig rätten att definiera sin egen överhöghet och därmed sätta in avvikelsen som någonting underordnat, mindervärdigt. Makten över diskursen ger samtidigt makten över Stämpeln – något som svenskt etablissemang håller väldigt kärt. Etablissemangspersonerna älskar sin rätt att stämpla andra människor. Att döma ut folk är deras favoritgren, menar Jonas.

"Vett och etikett ..." mumlar Jonas inför kameran.

Tystnad. Jag låter kameran rulla utan att säga något. Jonas förstår på min koncentration att jag väntar på mer, att kameran rullar. Han fortsätter berätta hur landet ligger.

"Det finns regler för varje diskurs. Man måste knäcka reglerna. Men det räddar en inte. Det förstärker etiketten. Det säkerställer att man blir kvar utanför. Hajar du?"

Jag nickar.

"Hajar *ni*?" säger han med emfas till alla sina tittare.

Jonas flyttar sedan blicken och tittar åt ett annat håll. Min kamera fångar hans ord.

"Jag målade en tavla i julas som hette 'Klegget'. Det var en brunsvart jävla sörja med guldpaljetter på en vit yta i mitten. Det symboliserar alla de som har rätt att *tala* i vårt samhälle. De som tar sig rätten att se sig själva som den *goda* sidan. Och jag stavar klegget med 'e'. Inte med 'ä'. För om man stavar med 'ä' så låter det som *ägg*. Och ägg är något nyttigt, till skillnad från *klegg*."

"Har du sålt den?" frågar jag.

Jonas skakar på huvudet.

"Jag brände upp skiten. Det var dålig konst."

Det är en ny regnig dag. Snön sjunker ihop.

Jag dricker whisky – så levern skrumpnar ihop.

Jag samlar mod. Det är vad jag gör. Mod, innan jag ringer det där telefonnumret som en av mina följare skrev till mig med uppmaningen: "Ring!", som om det vore akut bara för att han jagat rätt på telefonnumret åt mig.

Vad ska man göra? Man ringer såklart.

Mina fingrar är kalla när jag slår numret, lederna knappt lyder mig, som om jag egentligen inte ville göra detta. Signalerna går fram i den analoga rymden. Och han svarar, Ölvebro. Hans Ölvebro, den gamla spaningsledaren från Palmemordets barndom. Hans röst är bekant men lite rosslig. Detta kunde varit hämtat från Striptease på nittiotalet när Palmemordet fortfarande var hett och folk kunde tro på en rättvisa.

Jag presenterar mig själv, Balder Vass, och frågar försynt om han känner till mitt namn. Han känner vagt till det, ja.

Mitt hjärta slår enkelspårigt. Ölvebro låter irriterad över att jag ringer, som om det vore meningslöst att prata om Palmemordet. Han ifrågasätter mitt intresse av det gamla statsministermordet, tycker man ska göra annat, titta på damidrott exempelvis, som han gör just nu.

Sedan går allt mycket snabbt och responsen blir inte vad jag hoppades på. Ölvebro säger: "Sluta och gräv i skiten! Ni kommer ju ingenstans! Det är slut!"

Jag invänder men Ölvebro avbryter: "Du förleder ju bara människor. De människor som nu lever, de var ju inte ens födda när mordet skedde. De har ju ingen aning om hur livet var i Sverige på den tiden. Det fanns inga mobiltelefoner till exempel. Dagens människor, de kan ju inte klara sig utan en mobiltelefon. Hur tror du de förstår vad som hände då? Det är ju ingen mening med att hålla på med det!"

Som av ett under behåller jag lugnet.

"Du är lite sarkastisk, eller hur?"

Ölvebro: "Ja, jag har ju redan sagt: sluta med Palme för fan! Ni kommer ju ingenstans! Det är ointressant vad jag tycker."

Efter en kort stund avslutas samtalet och jag sitter där med adrenalinet virvlande som en storm i kroppen.

Det blev alltså av. Jag är fortfarande upprymd när jag klipper filmen och publicerar den på min kanal. Mycket riktigt ger den en enorm respons och annonsintäkterna stiger.

Det märkliga är att väldigt få tittare reagerar på att jag drev det så kallade "polisspåret" under tiden som jag samarbetade med Oscar. Fast att jag skulle *driva* spåret är fel att säga, för jag har aldrig slutat att granska alla möjliga spår. Granska är allt jag gör och allt jag någonsin har gjort i Palmemordet. Mina egna tankar och uppfattningar, även om de finns, är mest kuriosa i sammanhanget. Intervjun med Hans Ölvebro visar att jag inte är död som journalist. Jag har återigen en utgivning värd att tala om. Modet som jag har samlat växer sig till en kraftpunkt inom mig. Jag känner att jag är på väg någonstans.

Även mina senaste filmer generellt bidrar till modet, för jag har haft fler visningar den senaste månaden än jag haft på länge.

Vid sidan om skrivandet gör jag filmer som kartlägger Christer A i Palmemordet – en ensam man som bodde inte långt från mordplatsen och som hade tillgång till en revolver av samma typ som användes för att mörda Palme.

För många som tror på en ensam gärningsman, och inte en konspiration, är Christer A det absolut hetaste spåret.

Cyniska människor på Flashback påstår att mina publiceringar är ett sätt att rida på vågen i form av en stor dokumentärfilm som just nu filmas om Christer A:s liv av den belgiske journalisten Marc Pennartz. Jag har inga kommentarer om den saken. Jag är som sagt nyfiken på allt.

Jag brukade vara ensam privatspanare ur den yngre generationen. Sedan dök fler spanare upp med egna kanaler, och det var å ena sidan bra för det allmänna intresset för Palmemordet.

När jag bodde i Stockholm snodde privatspanaren Esajas Larsson idéer från mitt arbete. Jag hade genom Magasinet Avsnitt kommit över en unik, tidigare ej publicerad inspelning med den så kallade "Skandiamannen", Stig Engström, som numera stod utpekad som misstänkt mördare tjugo år efter sin död. Jag la ut den unika inspelningen på min kanal, och någon dag senare la även Esajas Larsson ut samma ljudfil, "brusreducerad", som han skrev. Han hade tvättat filen, minskat brusnivån i bakgrunden, det var enda skillnaden mot filen som jag publicerade, och han berövade mig därmed en del intäkter som jag annars kunde ha fått. Esajas har varit en enerverande vagel i ögat sedan länge.

Jag tror det började när han raljerade med Oscars och min film om klockorna på Sabbatsberg. Klockorna var inte omställda av några konspiratörer, enligt honom. Visarna som tycktes flytta sig med mystiska rörelser under mordnatten var bara reflektioner från armaturerna till lamporna i taket som reflekterades på klockornas plasthöljen. Han visade det med bilder, och menade att annars hade knappast klockornas visare på varje bild stått horisontellt, riktade mot tre och nio. Han kriserade mitt journalistiska arbete: hur kunde jag vara så okritisk? Hur kunde jag svälja så enkla beten som dem Oscar slängde ut?

Esajas Larsson drog till sig de sansade, jordnära Palmeintresserade. Alla som tyckte Oscar var en desinformatör hyllade hans kanal och menade att han framförde viktig, nödvändig kritik.

När Esajas kritiserade mitt och Oscars samarbete skrev jag privata meddelanden till honom och frågade om han var bitter för att han saknade egna idéer. Jag skrev att det var lågt av honom att påstå att Oscar sysslade med desinformation.

Jag skrev också kommentar på hans kanal som alla kunde läsa. Jag skrev att det var "lustigt" och "direkt pinsamt" att kritisera Oscars arbete innan han tagit del av den bevisning som jag hade. Jag citerade Bob Dylan: *"Don't criticize what you can't understand"*, och avslutade mitt inlägg: *"Det vore intressantare att höra dig komma med något eget nytt istället för att ta på dig rollen som självutnämnd kritiker."*

Men den jäveln bara svarade att han mycket väl förstod vad han kritiserade, och han fortsatte hävda att Oscar var en desinformatör.

Esajas är jävligt irriterande. Det enda han pratar om är mordplatsen. Inte en meter förflyttar han sig utanför rutan på Sveavägen. "Tillbaka till Sveavägen" är hans ständiga motto och han zoomar in på detaljnivå på tider och vittnens förflyttningar. Ännu idag håller han på med samma meningslösa grej. Han är som en fantasilös, grötmyndig akademiker.

Men jag vet att på mordplatsen, i Dekorima-hörnet, löser man inga mordgåtor. Det är det väldigt få som tror. Platsen är finkammad sedan länge och alla vittnen sönderanalyserade. Hans följare är inte ens en tredjedel av mina så det bevisar nog vem som är mest relevant.

59

"A man is a success if he gets up in the morning and goes to bed at night and in between does what he wants to do."
   Bob Dylan.

Bra ord när allt känns meningslöst.

Mitt huvud är tungt, all världens bildmaterial snurrar, och ögonen är lite dimmiga. Munnen är torr som en hästsadel. Citaten är bra att ha. Men ärligt talat: Citaten hjälper bara om de först blötläggs.

Jag startar datorn och plöjer nyheterna. Det handlar mycket om den ryske oppositionspolitikern Navalnyjs död kort tid innan det ryska presidentvalet, det handlar om inflationen, om att skönhetsbranschen trots det svåra ekonomiska läget ökar sina siffror. Vad säger sådant om svenskarna? Hade jag arbetat på en tidning, jag lovar att jag kunde ha skrivit om det ämnet också. Sedan kollar jag kommentarerna på min kanal. Jag kollar intäkterna, det ser bra ut för den här månaden. Jag kollar mejlen. En tittare skriver till mig om samarbetet med Oscar för ett och ett halvt år sedan då jag höjde Oscars arbete till skyarna, nu följer jag uppenbarligen ett annat spår som är i ropet.

Jag förstod att frågan skulle komma och jag sparar ner mitt svar för framtida bruk.

"Hej! Och tack för att du skriver till mig. Att vara ensam journalist som arbetar på uppdrag endast av mig själv kräver mycket mer än vissa tror. Man ska göra många överväganden om vad man publicerar och inte. Jag är också kritisk mot mig själv – hela tiden faktiskt. Jag är ibland osäker på det jag lägger ut och undrar om jag kommer sprida desinformation eller värdefull fakta. Min idé är att jag lägger ut sådant som jag tycker är spännande. Det

betyder inte att allt är fakta som är hundraprocentigt säker. Jag kan bara respektera Oscars arbete och lyfta fram det. Sedan får ni tittare såklart kritisera honom eller mig. Det är fritt fram. Hoppas detta gav svar på dina frågor. Hälsningar Balder."

Efter mejlet blir jag liggande med kalla fötter i sängen och lyssnar på det susande ljudet inifrån elementet. Tankarna far omkring och stannar till vid ett citat av Bob Dylan.

"To live outside the law you need to be honest."

Jag tänker på en sak som Jonas har sagt. Han har berättat om Micke Persbrandt som säljer tavlor, inte för att han är bra, men för att han är en sådan massiv gigant. Som en andra sol på himlen. Han – *han!* – behöver inte måla *bra* för att sälja. För han är känd. Att han målar balla tavlor är en ren bonus. För det hade han inte behövt göra. Så säger Jonas. På samma sätt inom comedy med filuren Henrik Schyffert. Han byggde upp sitt kändisskap på nittiotalet. Kvaliteten på hans material idag är väldigt låg, men tack vare att han är känd så drar han folk. "Han kan mjölka svenne-pengar", som Jonas säger. Men de här kändisarna är harmlösa, de jamsar med och har inga åsikter som sticker ut.

Det är hans kontroversiella åsikter som har gjort att Jonas stjärna har dalat de senaste åren.

Jonas är inte *sämre* – han är *utfasad.*

Jonas beskrev det mycket tydligt för mig. Han var programledare för Karlavagnen och hade 800 000 lyssnare på fredagskvällarna. Sedan blev det obekvämt för radion att han hade obehagliga åsikter privat, på internet och i sociala medier. Han fick mindre tid i etern, uppdragen trappades ner, som en psykmedicin, och till slut fick han inga fler uppdrag.

"Det är så det funkar", säger Jonas. "Man fasas ut!"

Svenne-banan går man ur huse för kändisar, säger Jonas. Det är guld och mumma för producenter. Det ligger miljoner i det. Miljoner! Och jag tror honom. När Jonas välsmorda munväder fladdrar känner jag en stark vilja att koppla in mig på samma rör, samma flöden.

Jag tänker att man får offra sig lite ... hålla truten.

Jag känner starkt att jag vill åt samma stamrör, jackas in i flöden av pengar. Jag känner det som en svettning i handen, jag känner hur blodet stannar nere i foten – kylan som hotar bor så nära ... Jag måste framåt! Jag måste ha mer. Mitt hjärta slår! Varje dag suger spenaten min livsluft.

Taket är vitt och ljuset i rummet är grått innan man vrider upp persiennerna. När man gör det ser man den mördande skogen stå där som ett likgiltigt vidunder gapande med sina tänder av tall. Men det finns ingen kropp på det här odjuret. Bara en evig mun som grinar och säger: *"Du befinner dig på fel plats, unga människa!"*

Inuti huvudet finns det också en skog, och i dess kronor bor tusen fåglar med öppna munnar som i hunger skriker åt sin mamma.

Jag är den mamman, och mina barn blir bara fler.

Jag känner ilska mot pappa. Det kommer plötsligt. Jag tittar på det tjockbottnade glaset som står på golvet bredvid madrassen. En tom påse jordnötter från Lidl ligger där med tumformade fettfläckar överallt. Det var min kvällsmat igår.

Jag tänker: "Hellre Jonas än pappa."

Klockan är elva. Jag läser en timma ur Pauls Smiths bok om Palmemordet samtidigt som jag dricker kaffe spetsat med två matskedar Oboy. Ibland är det svårt att hålla mysteriet levande, men när man lyckas läsa en bok riktigt länge kan det glimma till, den gamla förälskelsen. Kaninhålet växer. En anledning att låta dagarna gå. Jag vet knappt vad jag säger längre.

När jag har läst färdigt samlar jag mod på Flashback. Min kanal är så stor att mitt namn förekommer på flera ställen i det forumet. Men i lite olika sammanhang. En tråd är tre år gammal och startade när jag började tigga pengar för min journalistik – eller rättare sagt när tillräckligt många upptäckte att jag tiggde och började ställa kritiska frågor kring den saken.

Tiggeriet stack i ögonen på somliga individer, men då får man minnas att detta med tiggeri alltid har varit lite känsligt i Sverige, där man sedan gammalt har vant sig vid att anställningar är det enda normala. Vissa idioter begriper sig inte på min bransch.

En användare skriver: *"De som bajsar i byxan och gråter över tiggande swishjournalister är boomers deluxe."*

Så sant, så sant.

Men någon invänder: *"Skillnaden är ju milsvid mellan den som vill ha pengar för att de är synd om dem (men som inte har bidragit med något), och folk som levererar innehåll och vill ha betalt på frivillig basis, t.ex. nättidskriften Kvartal."*

En annan skriver: *"Sverige i ett nötskal. Det regnar pengar till höger och vänster åt folk som inte lyfter ett finger, men när man försöker anstränga sig lite ... Stackars Balder!"*

Jag säger som Dylan: *"All I can do is be me, whoever that is."*

På torsdagen regnar det ett iskallt, blött regn som skulle kunna döda mig om jag tvingades sova ute.

"Jag kan faktiskt förstå din far lite grann", säger Jonas samtidigt som han svänger ut på E4 mot Jönköping.

"Börja inte nu."

"Lyssna på mig", säger Jonas.

"Det har jag redan gjort. Jag har lyssnat på dig och jag har lyssnat på min farsa."

"Ja. Men lyssna igen."

Jag låter Jonas snacka.

"Du behöver skaffa dig ett jobb, Balder. Det håller inte det här."

"Vad menar du med 'inte håller'?"

"Jag menar det jag säger."

Lyssnandet är en självspäkning från min sida.

"Det kommer inte hålla i längden. Saker har blivit dyrare."

"Okej ... Jag kan betala", säger jag.

"Det är just det du inte kan", säger Jonas.

Bra så. Jag tiger.

"Är det din tanke att bo runt på olika ställen tills din jävla kanal har växt sig så stor att du kan leva på den?"

Jag svarar inte, eftersom planering inte finns – och inte kan finnas. Jag är i en situation där det är meningslöst med planer.

"Du kommer ju aldrig blir självständig på det här viset. Du kommer inte bygga upp något eget."

"Jag bor där datorn är."

Jonas lugnar sig äntligen och blir lite mildare.

"Du kan väl för fan söka jobb i alla fall? Du har väl tiden?"

"Okej. Säg att jag får ett jobb", invänder jag. "Det går ju inga bussar in till stan från där jag bor."

"Nej", instämmer Jonas. "Men samma sak gäller väl om du skulle bli ihop med en tjej. Eller hur? Eller tänkte du flytta in hos henne första dagen?"

Inte mig emot, tänker jag. Det blir tyst en lång stund. Vi kör in i Jönköping. Det rör sig människor ute på gatan täckta av stora färgglada paraplyer. Grå hus reser sig mot en redan grå himmel, kanske samma himmel som täcker Stockholm denna dag. Milda himmel, vad livet ska vara förtryckande ...

Och Jonas är tydligen inte färdig.

"Jag har inte råd med mer sprit åt dig. Förstår du det?"

"Varför då?"

"Därför att ..." Han suckar. "Det vet du ju. Eller hur?"

"För att du inte har gig?"

"Bland annat. Och tavlorna går ju inte som innan."

"Men du har ett hus?"

"Jo", säger Jonas och fnyser. "Men du måste ju fatta, va ..."

Jonas stannar för ett rödljus och fullföljer inte meningen. Trädens grenar spretar. Regnet öser ner över människor på väg till skolor, jobb och annan slags framtid.

"Men du är ju lite klantig själv", säger jag till Jonas. "Du uttalar dig offentligt om saker som du borde fatta leder till problem."

"Jo", säger Jonas. "Det är väl klart att jag fattar. Men sådär är ju jag. Och så har jag alltid varit ... Men ..."

Det slår om till grönt och Jonas gasar upp.

"Behöver jag ens förklara mig för dig?"

"Nej."

"Du vet att min rutin är som den är."

Jag tar upp kameran.

"Bort med den där jävla kameran!" fräser Jonas.

Jag tar honom på allvar och låter bli att starta kameran.

Jonas letar sig genom stan i riktning ner mot Vättern. Regnet trummar mot biltaket och mina fötter är kalla. Jag har inga ordentliga vinterskor ens, tårna är iskalla. Jonas släpper av mig utanför Hifi-klubben innan han kör vidare mot sin mammas ålderdomshem.

"Lycka till nu", säger Jonas barskt.

Jag går mot stan och finner Espresso House som säljer billigt kaffe, särskilt om man tar deras vanliga svarta kaffe i en mugg. Då ingår det dessutom en påtår som man kan ta med sig, om man har valt en pappmugg med lock.

Tjejen jag väntar på heter Ida. Det är via en dejtingapp vi har träffats. Senast det blev ömsesidigt gillande ("tycke" som Jonas kallar det) var i november förra året, alltså för ungefär tre månader sedan. Men den tjejen dök aldrig upp på vår andra dejt, hon raderade mig utan att säga ett enda litet ord som förklaring.

Kärleken är lustig, djurisk och samtidigt har den i sällsynta fall potential till livslånga band. Den kan bli det mest beständiga som vissa människor får uppleva i livet innan maskarna tuggar sig igenom. Lite som gamla bilar som går att reparera igen och igen. Idag har företagen inte samma ambitioner med sina bilmodeller vad jag vet. Medan jag väntar öppnar jag datorn, kopplar upp mig på det trådlösa nätverket och läser ett mejl. Sedan blir jag sittande med tungt huvud och stirrar rakt ut på gatan där en grupp tonåringar passerar.

Var är Ida? Regnet har upphört och det enda som syns är betongplattor svepta i grus och rusande, stressiga fötter i fotriktiga skor. Varje gång någon går in på caféet plingar det i dörren, men ingen Ida ger sig till känna. Ute på gatan blåser en genomskinlig, tunn plastpåse förbi hjälplöst i vinden vilket får mig att tänka på en Bob Dylan-låt. Sedan på en kondom. Tanken leder till en omisskännlig pirrning i kroppen. Sedan tänker jag på priset och blir genast avtänd.

Jag har inte svårt att förälska mig. Det är en sak som talar för mig på marknaden.

Jag tänker på en sak som Jonas har sagt om "social porr".

"Jag tror ärligt talat du har lika många följare som är intresserade av dig som privatperson som de är av true crime. De vill se din misär."

Vilken tid vi lever i, tänker jag samtidigt som dörren öppnas och någon kliver in.

Ida! Hon drar av sig en luva så att små vattendroppar skvätter omkring över det slitna trägolvet. Hon ser sig omkring, och med bultande hjärta reser jag mig, slår igen datorn och går fram till henne och anlägger ett av mina charmiga leenden. Jag klämmer fast datorn under ena armhålan, jag sträcker fram andra handen och ger henne en kram så att hon med sin svarta rock drunknar i min mörkblå. Jag blir blöt i ansiktet av omfamningen. Hennes hår doftar schampo, rocken doftar av fräscht nysågat trä – som doften på en nybyggd högskola.

Jag för min bricka längs med montern där mackor, kakor, juicer, smoothies, scones och annat skyltas. Ida plockar ner en fralla på sin bricka, hon studerar tavlan med drycker och vässar sina små söta läppar i små sugrörelser innan hon bestämmer sig. Hennes armband är i guld och dinglar under rockens ärm när hon slutligen pekar på en chokladkaka, det sista tillskottet i den här högtidsstunden som av allt att döma är tänkt att bli lång, som en noggrann granskning ...

Hon saknar knappast pengar.

"Vad ska du ha?" frågar Ida.

"Jag funderar just på det ..."

Jag låter lite bortkommen, påkommen. Baristan väntar på mig och det blir tydligt att Idas fråga inte betydde att hon tänkte betala för mig, för Ida duttar sitt kort mot läsaren som piper till varpå ett kvitto matas ut.

Å andra sidan kräver hon inte att jag betalar för henne.

Baristan kastar en blick på min tomma bricka. Jag kliar mig snabbt i håret och upprepar det jag nyss sa.

"Jag funderar."

"Ta din tid", säger baristan och ser sig omkring i lokalen.

"Beslutsångest", säger jag och ler nervöst.

Det slutar med att jag följer med Ida upp på övervåningen, samtidigt som jag med en ofrivillig blick spanar in bakdelen som är omöjlig att se på grund av ljuset som kommer högt ovanifrån, och eftersom hon bär en öppen rock samt har något slags för stora kostymbyxor på sig. Vi sätter oss i två låga fåtöljer mitt emot varandra. Idas vackra blick faller på min tomma bricka.

"Skulle du inte ha något?"

"Jo", säger jag. "Jag ska gå ner snart och ... hämta."

Vi pratar väder. En ruggig vinter det här, enligt mig. Ida säger att det inte finns något dåligt väder, särskilt inte här, utan bara dåliga kläder. Hon är uppväxt i Sundsvall. Snö är bättre än regn men den tidiga våren gör livet värt att leva på de södra bredd-graderna.

Efter en stund blir det jobbigt, hon väntar på att jag ska resa mig för att gå ner och beställa. Då kommer en annan impuls, som ersätter impulsen som borde komma.

"Får jag smaka bara ... på ditt kaffe?"

Ida ser på mig med ett förvånat uttryck i ansiktet. Blicken säger att jag är konstig, men jag visar att jag bara har självförtroen-de: lätt höjda ögonbryn, sänkt huvud och en manande rörelse med ena handflatan i riktning mot muggen.

Hon låter mig ta koppen och jag smakar.

"Det är latte", säger hon.

"Gott", säger jag.

Ida skakar av sig det pinsamma.

"Jaha. Så du är journalist? Eller 'youtuber'?"

"Ja, eller båda", säger jag och ger ifrån mig ett magskratt.

Jag lägger huvudet i ena handen. Skrattet signalerade precis rätt sak, nämligen självdistans.

"Det kanske blev konstigt det här?" säger jag och skrattar.

"Vilket?"

"Att jag smakade på ditt kaffe?"

"Nej", säger hon och skrattar till samtidigt som blicken faller neråt. "Du blev kanske sugen på en latte nu? Du kanske ska gå ner och välja samma som jag?"

"Ja", säger jag och ler mot väggen.

Jag får ett nytt infall.

"Eller du, förresten ..."

Jag böjer mig fram en bit över bordet.

"Det här är kanske också lite pinsamt. Men jag tänkte fråga om du kan betala en kaffe? Åt mig? Jag har glömt plånboken."

"Kan man inte betala med telefonen?"

"Nej. Jag tror inte det."

Ida granskar mig, och jag skäms för mina ljusa jeans som är lite slitna på knäna och låren. Jag skäms för de illa anpassade skorna som lyckligtvis är dolda under det låga bordet.

"Då måste vi gå ner igen, eller?"

"Det räcker med en vanlig svart kaffe", svarar jag.

Ida tar med sig väskan och går ner för trapporna efter mig. Hon stannar vid kortautomaten och skriver på sin telefon samtidigt som jag väljer mellan två enkla kaffesorter som båda kostar strax över trettio kronor. När jag är klar märker Ida inte att jag är det utan jag tvingas påpeka det för henne.

"Så ... om du kunde ..."

Ida ser upp och jag nickar på ett sätt som ska verka införstått. Sedan betalar hon med telefonen och jag tar med mig kaffekoppen upp på övervåningen till vårt bord. Jag räddar situationen med min nästa mening.

"Jag väntar på nästa betalning från Google."

"Spännande ändå", säger Ida och ler. "Att du lever på din kanal."

"Ja ... eller *lever* ..."

Jag ser på henne.

"Det är ju inte så fett. Än."

Ida vill veta vad jag gör på min kanal, och det leder oss in på två ämnen där jag är hemmastadd: Palmemordet och Bob Dylan. Någon skrev en krönika om att det finns likheter mellan dessa två ämnen. Bob Dylan liksom Palmemordet slukar allt annat i sin väg. Har man satt sig in i Palmemordet blir alla andra mord ointressanta och lyssnar man på Bob Dylan blir alla andra musiker ointressanta.

Ida ställer en följdfråga.

"Vad är det med Bob Dylan som killar gillar?"

Hon väntar på ett svar och ser uppriktigt intresserad ut. Jag svarar att jag gillar Dylans texter, hans musik, hans attityd. Han kan vara sur på jobbet och inte få sparken, som någon har sagt.

Jag frågar om Idas liv. Hon berättar att hon har pluggat färdigt en masterexamen i litteraturvetenskap och att hon siktar på att doktorera. Just nu jobbar hon på ett bibliotek. Hon intresserar sig för Harry Martinsson och Sylvia Plath.

Idas telefon ringer. Hon får med ens ett allvarligt tonläge. Rörelserna blir tvära, hon får bråttom. När hon har lagt på sitter hon spänd med rak rygg, ler urskuldande och för undan sitt bruna hår från kinden.

"Ursäkta. Men en kompis har hamnat i en knipa."

Ida drar på sig rocken.

"Oj. Vad har hänt?"

"Jag hinner inte berätta. Det är nåt med hennes pappa."

Ida går mot trappan. Jag känner att jag vill hjälpa henne, stötta henne, vara där för henne ...

"Du får gärna ta min chokladkaka om du vill."

Hon ser för ett ögonblick ut att skämmas. Hon trippar ner för trapporna med stressiga steg.

Jag går till Systemet och köper en flaska whisky och stoppar ner två små flaskor rödtjut i rockfickan när ingen ser. Jonas ord i bilen, om alkoholnedskärningen, gjorde att jag nästan tappade fattningen. Jag skriver ett meddelande till Ida om att jag hoppas hon mår bra och att hennes kompis gör det också. Jag skriver att hon får höra av sig om hon behöver prata med någon. Jag finns där.

När jag sitter i Jonas bil märker jag att Ida har blockerat mig. Jag kan inte skriva till henne. Jag svär för mig själv, jag förstår att jag har blivit avfärdad både som partner och människa.

"Hur gick dejten?" undrar Jonas.

Min röst är dyster.

"Man kan lätt bli mörk i sin kvinnosyn."

"Varför då? Ville hon inte ha dig?"

"Nej ..." säger jag med en suck.

"Det var illa", säger Jonas.

Han kör en stund i tystnad.

"Du får tänka att det är spelets regler", säger Jonas till slut.

"Det är ett spel. Det är vad det är. Ni två passade inte för varandra."

"Visst ..."

"Det finns fler brudar", säger Jonas. "Oroa dig inte."

Jag fnyser utan att hitta något att säga. En halv minut senare kommer orden i korta meningar.

"Fy fan vad jag hatar dejting. Vad gjorde jag för fel? Förtjänade jag inte henne, eller?"

Jonas låter statsmannamässig på rösten.

"Det lär du ju aldrig få veta. Du kanske inte gjorde något fel."

"Men det *blev* ju fel. Eller hur?"

"Nja ..." säger Jonas. "Det kan man väl inte säga? Kan man?"

Jag har ont i bröstet. Jag tyckte Ida var väldigt söt. Jag hade hoppats att den här kvällen var räddad.

"Hur gick snacket då?"

"Det gick bra. Det är det som är det lustiga."

"Vad snackade ni om då?"

"Musik. Bland annat."

Jonas harklar sig.

"Ja, för er som gillar den där Bob Dylan gäller det att öva upp impulskontrollen."

Jag tittar ut genom fönstret utan att känna för ett skämtsamt perspektiv på den här skiten. För mig är det tragiskt, tröttsamt. Det har blivit onödigt svårt med tjejer. De är för kräsna. Det kan man inte säga högt – men de är väldigt kräsna. De tror de förtjänar bättre och bättre och bättre hela tiden. Bortskämda är vad de är! Till slut ruttnar de i en lägenhet tillsammans med en katt samtidigt som den mänskliga rasen dör ut.

Spenaten sluter sig omkring oss.

"Har du någon diagnos, Balder?"

Jag ser på Jonas.

"Varför frågar du? Det har väl alla? Eller?"

"Jo. Men *har* du en diagnos? På riktigt?"

Jag lutar mig bakåt i sätet, slår på sätesvärmen.

"Vad är en diagnos?" frågar jag retoriskt och med ett lätt förakt i tonen. Och innan Jonas hinner svara får jag ett utbrott. "Det är en jävla etikett, Jonas. En etikett! Vad gör den för skillnad? Om du har lingonsylt i en burk så spelar etiketten ingen roll. Lingonsylt är lingonsylt. Det är bara för att andra i det här jävla samhället är så in i helvete beroende av sina jävla etiketter!"

Jonas är tyst, för han är nog rädd att jag ska bli ännu mer arg än jag redan är.

"Vad har du själv för diagnos, Jonas?"

"Jag har ingen diagnos", säger Jonas och flinar. "Jag är bara en narcissist. En narcissist med självinsikt."

Jag blir förvånad att höra de orden från Jonas, men jag tror honom.

"Du ska veta det, Balder, att det krävs jävligt mycket av en person att erkänna att den är narcissist. Det är få narcissister som har den självkännedomen som jag har."

Jag vet knappt vad ordet betyder. Men jag tror honom. Jag sluter ögonen och lyssnar på motorn och njuter av värmen som strålar upp i höftlederna och in i arslet på mig. Mina mörkaste tankar har redan börjat. Den ärliga sanningen som ingen någonsin uttalar är att hela världen är ett Paradise Hotel. Så är det. Och det jag söker är en tjej som skiter i vem jag är och som skiter i min ekonomiska status. Hur låter det?

Jag söker en tjej som *ger* av sin kropp och som *tar* med sin kropp, eftersom detta med att ge hela livet är en stor sak, ett omöjligt löfte sedan länge. Att dela med sig av kroppen är inte ett lika stort projekt som att dela livet och därför är det rimligt för mig att önska det. Men nu har det också blivit en stor grej, tydligen. Som om allt vore våldtäkt. Som om varje mans önskan går att reducera till våldtäkt.

När vi kommer tillbaka till huset går jag genast upp till madrassen och öppnar min whisky. Jag dricker en klunk som river i halsen och häller sedan upp i glaset. Jag öppnar datorn och letar upp Ida på hennes LinkedIn-sida för professionella kontakter.

Hon har en strålande profilbild, hennes ansiktsform är mjuk med en perfekt tandrad samt ett par glasögon som får henne att se beläst ut. Som en som äger rätten att läsa av resten av samhället och fälla domar. Avfärda folk som hon inte ens känner.

Jag skriver ett meddelande till Ida om hur mycket jag tycker om henne. Jag ber om en ärlig förklaring till varför hon blockerade mig på dejting-appen. Jag ber om ursäkt för att jag var framfusig. Jag föreslår att betala tillbaka för kaffet. Jag letar upp hennes adress och tänker att jag vill bege mig dit om det så ska ske på mina bara fötter.

Hela min inre varelse är i uppror.

Jag måste verkligen ha förväntat mig saker av Ida utan att själv förstå det.

Jag tvingar till slut ner Idas sida. Jag skriver om det som har hänt i min självbiografiska roman. Men det blir inte bra. Jag tvingar ner den starka whiskyn tills jag plötsligt hickar okontrollerat. Mina mörkaste tankar kommer, kommer …

Varför vill ingen tjej träffa mig? Det är som en ond naturlag. Varje gång jag blir avvisad kommer samma svarta känslor. Det är som när pappa eller någon annan pickar hål på mitt skal och föreslår något som jag inte kan leva upp till.

Jag fyller glaset med whisky och dricker mindre klunkar samtidigt som jag ser framför mig den missade chansen.

Varför, varför Ida?

Jag känner tårarna, men det beror inte bara på Ida.

Men lite … Det gjorde för ont att du gav dig av. Jag kan inte bli arg på dig, jag borde kunna det men jag kan inte. Jag är för snäll. Ida, varför gick du ifrån mig?

Jag hamnar till slut ute på landsvägen. Det har blivit så kallt att stjärnorna syns på himlen. Jag går åt motsatt håll än Jonas brukar köra när han skjutsar mig in till Jönköping. Den mörka skogen står omkring mig som en mur utan slut på båda sidor. I flera minuter promenerar jag. Skogen försvinner och öppnar sig mot större områden där man ser stugor och hus glimma på avstånd. Stugorna lyser med svagt ljus som är varmare än stjärnornas ljus. Stugor där människor bor som har gjort det som jag aldrig har velat.

Jag ställer mig bredbent och pissar ner i diket samtidigt som jag tittar på de utströdda boningarna. Jag njuter av en tanke som går ut på att Olof Palmes mördare kanske lever sin tillvaro på ett liknande sätt. Tillbakadraget ute i den svenska skogen.

Tanken får scenen att kännas mer levande, mer relevant. Här lever människor som har stadgat sig, tänker jag filosofiskt.

"Stadga sig" – det är en så enkel sak att säga … Jag fortsätter gå längs med diket tills jag ser en liten villa nära vägen. Det lyser i några av fönstren. En meterlång rad med tomma vinflaskor står i ett fönster med svagt ljus. På övervåningen är det släckt.

Vi sitter i Jonas bil. Han vill inte snacka och det vill inte jag heller, så jag somnar. Det är inte förrän vi är framme som han stöter till mig på axeln och ruskar mig till liv så att jag vaknar med ett panikartat, märkligt skrik, trots att jag inte drömmer.

"Var är vi? Är vi framme?"

Jag vet inte vad klockan är. Det skiner ett grått ljus omkring mig från en himmel med ett tunt molntäcke. Jonas öppnar bildörren så att kylan biter mig i fötterna. Jonas verkar taggad, hans käkar är spända och blicken ser nervös, närmast vass ut. Han pratar mindre än vanligt.

"Lite åttiotalsstuk på den här stan", säger han.

Själv har jag missat de flesta, eller snarare samtliga, synintryck när vi körde hit. Ärligt talat har jag glömt vad staden ens heter. Och jag tycker förresten inte att det ser ut som en stad, mer som en lite större by.

På andra sidan vägen syns en gul träbyggnad med röda neonbokstäver i skrivstilsliknande typsnitt: "Grand".

Jag filmar Jonas när han går in genom dörrarna och möts av arrangörerna. Tanken är att han ska intervjuas av lokalradio, det måste tydligen klaras av först av allt.

Jag följer varje steg Jonas tar, förutom när han byter om från sina bekväma fritidskläder till polotröja och tweed-kavaj som han ska ha på sig under kvällens föreställning. Han ser proper ut i sina nya kläder. Jag dricker mitt vin stunder när Jonas inte märker det. Vin på plastflaska är perfekt när man är på språng för plast väger mindre än glas. Vinet smakar björnbär och är precis så sött som jag behöver det. Jonas följer med en man från lokalradion upp för några trappor till en bar som mest påminner om ett svart skelett; inga flaskor står i hyllorna, bara dekorationer som utstrålar något slags malplacerad minimalism.

Jag filmar Jonas när han blir intervjuad av mannen från lokalradion. Det uppstår snabbt en hätsk stämning. Jonas njuter av sitt smorda munväder.

Föreställningen börjar. I publiken sitter ett hundratal åskådare. Det är magiskt. Jag avundas Jonas. Jag filmar från första rad, en inte alltför bra vinkel. Jonas levererar flera roliga skämt som jag skrattar åt. Jonas pratar om att vi lever i förvirrade tider och att han numera blir kallad rasist och högerextrem. Han säger att han är ute i kylan utan att förstå varför. Han säger att han tvärtemot den populära uppfattningen om honom står för en mycket kompromisslös solidaritet med de fattigaste och svagaste, vilket i dagens samhälle är männen som inte får några brudar.

Han säger att han är en tvättäkta kommunist, närmare bestämt en könskommunist.

"Av var och en efter förmåga ..." säger Jonas och ler sarkastiskt för att publiken ska fylla i fortsättningen.

Ett annat känsligt skämt handlar om att han på äldre dagar har blivit mer religiös i skogen där han bor. Han tycker att de ateistiska svenskarna ska visa mer uppskattning mot muslimerna, invandrarna, som förstår människans andliga behov och därför täcker sina tjejer. "Vackra kvinnor stör gudsrelationen", säger Jonas med emfas och tillägger att han menar allvar och att han har egna erfarenheter. Han säger att det finns de som går för långt för hans smak också när de syr igen det kvinnliga könsorganet.

"Det är extremt", säger Jonas och får några nervösa skratt.

Jonas skämtar om tabubelagda ämnen och det märks att ju längre tiden går desto mer i form känner han sig. Efteråt filmar jag honom bakom scen där han står med en handduk i ena handen som han gång på gång stryker över ansiktet och genom håret. Han dricker vatten ur en bucklig flaska och ser utmattad ut. Och lycklig.

Jonas betalar för varsin pizza innan vi går tillbaka till bilen och kör den timslånga vägen hem. Skogen bredvid E4 är en mur av odetaljerade tallar som drar förbi som en kuliss. Jag tar fram telefonen där jag har filmat Jonas intervju med lokalradion. Jonas ber mig ansluta ljudet till bilstereon. Jonas och lokalreportern står vid ett runt bord i färglöst dagsljus. Det är emfas i varje mening, allt för att lokalradiolyssnarna inte ska tappa intresset.

"Vårt samhälle befinner sig i ett jävla bottentillstånd", säger Jonas. *"Det står en upp i halsen med allt flams och trams, och all dumhet som bara väller ut ur högtalare och mobiler. Alla bara*

ryggdunkar. Slå på radion, statsradion, programledarna bara sitter och skrattar åt varandra och flabbar i munnen på varandra! Det är töntigt! Lyssnarna vill ju ha fakta och kunskap, och folkbildning!"

Jonas tar ny sats:

"Men vi ser ett ljus. Ingen orkar ju lyssna på Sommar i P1 där kändisar snackar om sina framgångar. Det som är framtiden är poddar och bloggar där sanningen kommer fram. Folk idag är nyfikna av sig. Men Public Service hänger inte med. Folk vill veta hur det verkligen ligger till med allting."

"Vad är det för sanningar du ..."

Reportern hinner inte fullfölja meningen innan Jonas avbryter och fortsätter sitt resonemang.

"Du måste haja att fosterlandets tillgångar är utsålda av borgarna. Under flera år har det skett. Och den jävla vänstern, som är så in i helvete usel, är fullt upptagna med att kalla helt vanligt folk för rasister, antisemiter, satan och djävulen och fan och hans moster, och så vidare."

Jonas höjer rösten ännu mer:

"Samtidigt är vi på väg in i Nato utan ens en debatt i media! Fattar ni, va? Tre hundra år av neutralitet på väg ner i soptunnan! Var är debatten? Var är demokratin? Var är journalisterna?"

Jonas garvar åt sig själv bakom ratten. Reportern tittar ner i sin telefon där han febrilt söker efter sina frågor.

"Och se på barnen", fortsätter Jonas. *"Rena zombieapokalypsen! Folk stirrar ner i sina telefoner som om de vore dumma i huvudet. Och de vuxna! Va? De är inte ens vuxna själva! De lever i något slags evig tonårstid! Fattar de inte att det kan ge skador på barnen?"*

Jonas sänker rösten och kommer närmare mikrofonen för att bli mer resonabel och intim.

"Du förstår, folk beskyller mig för det ena och det andra tramset, och det är bara så det här jävla landet ligger, va. Men en sak

måste man i alla fall ge mig rätt i och det är att staten är felbyggd.
Ta exempelvis en pilot, eller en busschaufför. De sitter längst fram
och är de första som skadas om de gör en felbedömning. Med poli-
tikerna är det motsatsen. De kan ta stora risker i sina beslut, och
de sitter längst bak, med dubbla bälten, krockkuddar och kata-
pultstol. Vi som sitter längst fram har inget skydd. Vi har ingen-
ting att säga till om."

"Fan vad bra jag är", säger Jonas när jag pausar inspelningen.

"Ja, du var bra ikväll", säger jag uppmuntrande.

"Det är självinsikt!" säger Jonas. "Spela upp mer."

Jag tar fram inspelningen från framförandet på scen. Jonas bästa skämt, i alla fall om man ska räkna decibel, handlar om det lokala hockeylaget Troja.

"Jag såg att ni har ett hockeylag, Troja Ljungby. Lokala förmå-
gor, det gillar jag! Titta på Växjö Lakers. Spelarna där är ju plock-
godis från hela jäkla jordklotet. Jag tror fan inte spelarna vet att
de är i Växjö ens."

På lördagen sover Jonas ovanligt länge. Mitt vin är slut. Vi åtgär-
dar det genom en tur till Jönköping där Jonas handlar mat. Jag
får lite tid på stan, passerar caféet där jag träffade Ida och fylls av
vemod. Jag har suttit på dejtingappen varenda dag sedan dess
och inte varit allt för kräsen. Ändå blir jag ständigt bortvald. Jag
kan inte förstå det. Allt var så mycket enklare förr. Särskilt när
jag reste. Då kunde tjejerna bli intresserade bara för att de såg
något *exotiskt*. Ingenting av det finns kvar och jag undrar vad
det beror på. Jag har många hypoteser.

En ny skjorta skulle behövas, men allt är så dyrt inne i stan.
Det billigaste man kan hitta på Dressmann är fortfarande för
dyrt. Jonas ringer och undrar var han kan plocka upp mig. Jag
säger att jag kan ställa mig vid busskuren på Slottsgatan.

Solen skiner genom trasorna av moln. Obestämda vårkänslor
dyker på mig. Automatiskt omtolkar jag vårkänslorna till en

längtan efter Stockholm. Jag vill åka dit nästa helg, för då hålls Palmemordskonferensen i Westmanska palatset. I och för sig är jag portad därifrån, på grund av att vissa av talarna har som villkor att jag inte visar mig. Men man kan ju alltid träffa folk efteråt. Hänga i krokarna.

Jonas plockar upp mig där jag står väntande i busskuren. I bagaget på bilen står de fyllda pappåsarna med mat. Vi åker till Lager 157, en billig affär där man kan köpa skjortor. Jag hittar en beige overshirt för endast hundrafemtio kronor.

Helgen går. Jag klipper en film med det bästa från Jonas show i Ljungby. Jag hjälper honom att starta en egen kanal där vi lägger upp klippen. Jonas ser ut som ett julaftonsbarn när han smakar av faktumet att han har en *egen kanal* – där han *styr själv*.

Den nya veckan klär sig i grå moln precis som gamla gubbar gärna klär sig i grå färger. Det första ordet som möter mig i mitt flöde är ordet "äntligen". Det är en bekant som skriver det och jag tror mig genast förstå vad det handlar om, för hela året har han på sin sida propagerat för svenskt Nato-medlemskap. Det är enda sättet för oss att skydda oss från krig och vara helt säkra på fred, menar han. Jag surfar min runda bland nyhetssajterna och noterar att Ungern efter nästan två års utdragande har godkänt den svenska Nato-ansökan. Nu återstår inga hinder för det svenska inträdet i försvarsalliansen. Ryska hackerattacker för hela slanten, tänker jag och surfar vidare. Jag läser en artikel om att den franske presidenten har gjort ett uttalande om att "boots on the ground" i Ukraina inte kan uteslutas – alltså en direkt involvering med manskap. Rysslands president varnar européerna för sådana tankar i nästa artikel. Det finns artiklar om de europeiska ledarnas kommentarer på den franske presidentens ord. "Nej, absolut inte", säger tyskarna och alla de andra europeiska ledarna som är rädda för ett tredje världskrig.

Efter att ha plöjt nyheterna arbetar jag med en film om en synnerligen grov våldtäkt som jag länge har prokrastinerat. Inte så konstigt. Gärningsmannen skar tydligen sönder kvinnans ansikte med en krossad glasflaska tills det bara fanns slamsor kvar. Jag kan inte arbeta mer än tio minuter åt gången eftersom det är så vedervärdigt att läsa. Mannen går ännu fri.

Jag försöker tvinga mig till arbete – gång på gång gör jag nya försök. Jag vet av erfarenhet att varje film kan ge mig tre- till femhundra kronor. Det är min enda någorlunda säkra inkomst att återberätta våldsbrott. Det kan låta cyniskt men så är det. Mina tittare blir alldeles till sig när de själva får avslöja i mitt kommentarsfält att det rör sig om exempelvis somaliska gärningsmän eller andra invandrargrupper. Vissa är ironiska och skriver att detta med våldtäkter bara är den politiskt eftersträvade "kulturberikningen". Andra skriver saker i stil med: *"Tack kära politiker för att ni har förstört världens bästa land."*

Hela min framgång är beroende av de etablerade mediernas tystnad om invandrares brottslighet. Mainstream-media utesluter etnicitet i sina rapporteringar om brott, och då behövs det forum som min kanal där folk får uppleva njutningen i att tillrättavisa andra om etniciteten hos brottslingarna. Man riktigt ser njutningen i varje kommentar som avslöjar hur jävla mörkt samhället numera är.

Själv säger jag ingenting. Jag bara uppmanar alla att hålla en god ton eftersom jag annars riskerar att bli avstängd från annonsintäkter. Det funkar oftast, men ibland käftar någon följare emot. Ibland får man något citat på halsen från en eller annan forskningsrapport som ska påminna om *sanningen*.

Behövs det verkligen forskningsrapporter för att förstå problemet? Det förstår väl alla att våldtäkterna ökar om det överallt i världen är okej att våldta västerländska kvinnor? Om man tar emot unga män från Afrika och skapar ett mansöverskott? Är det verkligen så känsligt och svårt att förstå? Räknas det fortfarande som "hatfakta"?

Vad mina följare får ut av min kanal är svårt att riktigt förstå. Är det njutningen i att avslöja sanningen? Men på vad sätt skulle det medföra en njutning? Är det för att de tror att de är smartare än politikerna? Som om politikerna inte fattar vad de håller på med? Tror man på allvar att nyliberala politiker som Fredrik Reinfeldt är naiva när de öppnar gränserna?

Är det omtanken om våldtäktsoffren som ger välbehag hos mina följare? Det har jag svårt att tro. Snarare ser jag ett förakt för kvinnor hos dem – politiker och kvinnor föraktas nästan lika mycket. Ibland skymtar jag en attityd om att kvinnorna får skylla sig själva när de tvingas smaka på den egna multikulturella ideologin som de har röstat fram genom gröna och röda partier – eftersom vänstern sedan decennier har bejakat mångkulturen minst lika mycket som nyliberalerna.

Det är svårt det här … Jag tycker det är ett mysterium vad mina följare egentligen får ut av min kanal. Jag tror förklaringen består av flera delar. Det handlar dels om att mainstream media utesluter delar av sanningen som männen i vårt samhälle tycker är relevanta, exempelvis om det är en afrikan eller arab som är gärningsman. Etniciteten gör våldtäkten värre eftersom det inte är en kvinna som våldtas av en man (vilken som helst), utan "vårt lands kvinnor" våldtas av "främmande män".

För det andra handlar det om att det är oerhört provocerande för männen i vårt samhälle att få en ideologi nedkörd i halsen – särskilt en ideologi så naiv som multikulturalismen.

Jag misstänker att en man inte känner sig tagen på allvar som tänkande varelse när vissa talar om "allas lika värde", särskilt när det är uppenbart att många araber avskyr västerlänningarnas livsstil.

För egen del är våldet en källa till intäkter. Så länge jag är journalist på en egen kanal står mitt hopp till att de stora nyhetskanalerna inte börjar bli allt för explicita om brottsligheten, för då behövs inte min kanal längre. Hela mitt existensberättigande kommer av att mainstream media är så rädda för att spä på rasismen i samhället. De verkar inte förstå att rasismen finns där med eller utan deras omtanke, och att det enda de kan göra är att se på när rasismen växer. Inte för att jag är rasist, för det är jag inte. Jag bara utnyttjar andras behov av klarspråk ... Äldre gubbar mest.

Vid lunch har jag fått nog av mitt arbete. Våldet och blodet står mig upp i halsen. Jag tar en promenad och lyssnar på en podcast, även om jag inte direkt *lyssnar*, eftersom tankarna ständigt drar iväg åt andra håll. Jag tänker på min kanal, dess framtid. Jag skulle helst vilja göra mer filmer om Palmemordet, men jag har svårt att hitta något nytt och intressant att säga. Fastän det är ett intressant fall kan mättnad uppstå. Man känner sig fastlåst. En doft av sumpmark sprider sig, eftersom fallet är som ett vatten utan några riktiga tillflöden.

När skogen tar slut öppnar sig landskapet på höger sida. Jag passerar huset med vinflaskorna i fönstret. Där inne är det mörkt men det står en vit bil parkerad utanför. Hemtjänsten i Jönköpings kommun. Jag svänger av höger och börjar gå på en lång landsväg som sluttar svagt nedåt. Små glesa skogsdungar markerar gränser i landskapet. Vinden blåser hårt, ovanligt hårt. Jag tror det beror på att skogen har öppnat sig. Jag njuter av vinden fastän den är kall. Det finns en vårstämning i luften, den går inte att placera riktigt. Känslan kan också bero på att jag slipper läsa om våldtäkter.

Vårkänslan får mig att nynna för mig själv: *"How many roads must a man walk down, before you call him a man?"*

Jag hinner nynna första versen och refrängen innan jag hör en mänsklig röst. Det är en kvinnas röst och språket låter som polska. När jag får syn på henne står hon med telefonen tryckt mot örat. Hon har en fluffig benvit mössa på sig med en stor tofs högst upp. Hon pratar med allvarlig röst, hon verkar upprörd över något. Jag nickar i en hälsning åt henne när jag passerar, och får samtidigt syn på hennes ansikte. Det är smalt, markerat, med små vinröda läppar, oerhört tilltalande. Hon har dinglande smycken i öronen och jag tycker mig skymta lockar i håret. Jag hälsar med ett "hej" och i samma stund avslutar hon av en slump telefonsamtalet. Jag hälsar på svenska igen och hon besvarar hälsningen.

Allt sker sedan mycket snabbt. Jag stannar som av en impuls, ruskar lite på kroppen – en ordlös kommentar om vädret. Det enda jag kommer på att fråga är varifrån hon kommer.

"Me? Ukraine", säger hon med rysk accent.

"Ukraine?" säger jag förvånat. "Oj, wow ..."

Den byiga, iskalla vinden drar in över landskapet igen. Jag kliver några steg närmare tomtgränsen. Det verkar som om den unga ukrainska kvinnan tycker det känns olustigt att jag står där. Samtidigt kanske hon vill vara trevlig? Hon kanske vill vara vänlig mot svenskarna som tar emot ukrainska flyktingar? För flykting är vad jag antar att hon är.

Jag frågar för att bli helt säker.

"Are you a refugee?"

"Yes ..." säger hon lite tafatt.

Jag frågar vad hon heter och får svaret: Irina.

"Det hette min mamma också!" utbrister jag.

Irina ler, hon verkar inte kunna tillräckligt mycket engelska för att få till ett flytande samtal.

"Det är ett fint namn", säger jag.

Egentligen tycker jag inte det. I alla fall inte det svenska namnet, men på ukrainska låter det lagom exotiskt.

Jag får en idé som jag genast kläcker.

"Jag kanske kan få intervjua dig?"

"Intervju?" frågar hon förvånat.

Jag inser min framfusighet.

"Jag har en kanal. Jag behöver nya grejer."

Jag förklarar för Irina att jag oftast publicerar saker om kriminalitet på min kanal, men att det är viktigt att vara öppen och att bredda sig. Kriget i Ukraina är ju kriminalitet fast på en högre nivå.

"Jag kan intervjua dig om ditt liv och om hur det är i Sverige."

Irina skrattar snabbt och tittar sig omkring.

"Kanske ..."

Svaret är inte helt övertygande. Men Irina ser i varje fall inte längre lika ledsen ut som nyss. Telefonen hänger i handen, som om den hon nyss pratat med var borta ur tanken. Jag har uppenbarligen fått henne på andra tankar – och hon skrattar.

Innan jag gick ut på min lyckosamma promenad publicerade jag ett uppfordrande meddelande till mina följare som löd: "*Kanalens existens och fortlevnad är helt beroende av att tittare ibland bidrar med ekonomiskt stöd. Stor som liten gåva är till hjälp.*"

När jag efter min promenad sätter mig på madrassen och öppnar datorn har flera tittare kommenterat.

En tittare skriver: "*Kanske dags att avsluta då? Är det inte självbärande så kan det ju inte existera.*"

Jag svarar: "*Kan du förklara för mig hur någon Youtube-kanal av min storlek skulle kunna vara självbärande? Det finns ingen sådan. Donationer är helt nödvändiga. Om du tittar dig omkring så är det så det funkar. När man däremot har väldigt många tittare kan man börja tjäna pengar på annonser, men på en så liten kanal som min är det obefintligt. Så vad menar du med 'självbärande' i detta fall? Vet du vad du pratar om? Menat med all välvilja.*"

Jag publicerar meddelandet och lutar mig tillbaka mot väggen. Nacken är stel av min ställning på madrassen.

Jag visade vänlighet och välvilja i min kommentar. I själva verket stör det mig sjukt mycket att alla boomers ska vara så grötmyndiga i sin attityd.

En annan följare ger mig livsmod: *"Känns som du är en Sveriges mest framstående privatspanare nu! Du rör dig i toppskiktet bland Wall, Borgnäs och gänget."*

Jag svarar honom med ett hjärta, för både Gunnar Wall och Lars Borgnäs är välkända och erkända journalister som tagit sig an Palmemordet på ett seriöst sätt.

En följare som kallar sig "Trevlig, god, mjuk" tycker att jag ska intervjua min vän Jonas Löfberg om Palmemordet. Jag svarar att Jonas inte är så intresserad av Palmemordet, och i den mån han är det så är han intresserad av de fantasifullaste, galnaste – "du vet vilka jag menar" – teorierna. Tittaren som kallar sig "Trevlig, god, mjuk" svarar att det ändå skulle vara kul att höra dessa galna teorier.

Jag svarar: *"Visst kan jag göra en intervju med honom, för det är kul med ett samtal mellan en logiskt tänkande och en konspirationsperson."*

Jag lägger till en glad gubbe i slutet av inlägget.

En annan följare skriver på bristfällig svenska: *"Kan säga du tillhör en liten skara inom palmemordet relaterat .skulle vart trevligt o ta en öl med."*

När man läser sådant blir man stärkt i hur många vänliga människor det finns där ute. Jonas är inte den enda och förhoppningsvis bor några av de vänliga i Stockholmsområdet. Det har skett återkommande gånger att följare skriver liknande kommentarer, att de gärna skulle ta en öl med mig. Alltså är jag en vettig, trevlig prick trots allt. Och alltsammans får mig att tänka att jag kanske ska göra som fåglarna – flytta.

När jag befinner mig i mitt flöde och erfar lite mod scrollar jag längre ner i min publiceringshistorik. För nästan ett år sedan skrev jag en ventilerande text om dagens politiker jämfört med förr. Jag skrev att när man lyssnar på politikerna från förr slås man av deras relativt höga ärlighet jämfört med idag. Det fanns rester av värdighet. Det fanns en gräns hos samvetet. Och jag citerade Göran Persson när han beskrev sin rival Fredrik Reinfeldt som en tvål. Göran Persson sa: "Det går inte att ta på honom" – något som stämmer på samtliga partiledare idag. Politikerna har ingen ideologi. Allt är en total tomhet. Ett spel för gallerierna.

Det var en text som gav mig många uppskattande kommentarer eftersom politikerföraktet är stort på min kanal. "Politikerna har raserat ett av världens bästa länder", skriver många av mina följare som har sett det ske genom decennier. Sverige är ett experiment. Politikerna är fega ynkryggar som inte har folkets bästa för ögonen.

Någonstans i Jonas hus har jag sett en kikare, men jag har svårt att minnas var. Istället laddar jag batterierna till min kamera, tar på mig min mörkblå rock och går ut i mörkret. Skogen vakar över mig där jag går på landsvägen. De två husen som jag är nyfiken på ligger bredvid varandra på femtio eller hundra meters avstånd. Jag viker av ner i diket så snart jag ser det första huset. Jag klättrar upp på andra sidan diket. Ett par stora stenar vilar i marken längre fram, nedsjunkna och mossiga.

Sakta rör jag mig närmare huset. Det lyser i flera fönster, någon är sannolikt hemma men i fönstren ser jag inga rörelser.

Om den som bor i huset har hemtjänst är han sannolikt oerhört gammal, tyngd av krämpor och medicinering.

Gården är avlång och stor som en skjutbana. Jag startar kameran och zoomar in fönstren. Det borde vara en tämligen alkoholiserad gubbe som bor där. Flaskorna står uppställda lite varstans inne i huset. Jag tycker mig skymta en trofé bestående av spretiga, vita horn – om det är av en älg eller hjort har jag ingen aning om.

Jag funderar på om jag borde ringa på dörren och be om att få ett glas vatten för att se vilket skick han är i. Det är definitivt ett bättre sätt än att försöka ta sig in där olovligt. Jag smyger mig hukande närmare huset. Då blixtrar det plötsligt till och allt omkring mig blir ljust. Jag kastar mig undan, hamnar bakom garaget, samtidigt som hjärtat rusar.

Vad är det som händer? Allting är tyst, bortsett från mitt dunkande hjärta och det vita ljuset som står likt en vägg ut i mörkret.

En ängel ... En mynningsflamma ... Det är mina första förvirrade tankar innan jag inser att det är en strålkastare på väggen som kastar sitt starka ljus rakt ut i mörkret.

Jag hör ingenting genom mitt rusande blod, men jag springer allt vad benen bär över fältet bort från huset. Benen bär mig inte samma väg som jag kom från, utan mot baksidan av huset där den ukrainska kvinnan bor. Jag stannar i mörkret någonstans på fältet mellan de två husens baksidor. Jag tittar mig omkring åt alla håll, till och med inåt skogen bakom mig. Lampan som nyss tändes släcks borta vid huset. Allt är fortfarande tyst. Huset är mörkt, båda husen är mörka. Jag lyssnar länge efter steg.

Nästa dag ligger jag i sängen länge med datorn på magen och tittar på smidiga sätt att ta mig till Stockholm.

För mig är det som en klåda detta med Stockholm. En riktig Stockholmsklåda. Jag måste åka dit upp. Det är där som allt verkligt intressant händer: alla jobb finns där, alla spännande människor, alla viktiga nätverk. Spenaten står mig upp i halsen. Spenaten är som en långsam död.

Jag skriver meddelanden till mer eller mindre bekanta vänliga människor och hör mig för om jag kan få bo där.

Min vän Anna, kan hon förlåta mig, tro? Hon gillar mitt sällskap och det vore trist om min bro vore bränd för all framtid.

Anna skriver tillbaka att jag kan bo där en natt men att hon ska åka bort över helgen till sin syster i Gävle.

Jaha. Och kan jag inte låna lägenheten under tiden? Jag skriver inte så, för det känns som lite väl framfusigt. Jag tackar henne istället för hjälpen och skriver att jag hör av mig när jag vet mer. Det lutar åt att jag reser upp kommande helg, lagom till Palmemordets årsdag om ungefär en vecka.

Dagarna går och jag fördriver dem mest framför teven. Jag tittar igenom allt true crime-innehåll på SVT, flyger iväg i tankarna om att jag också ska jobba där en dag. Resa till mordplatser runt om i Sverige, äta hotellfrukost, förklara invecklade mordfall för svenska folket. Så ser det lyckade livet ut för mig. Jag ska ha en stadig månadslön, en fast anställning och en rymlig bostad i huvudstaden. Jag ska äntligen nå anständighet och bli uppskattad för min journalistik. Jag ska bli någon som tittarna längtar efter att få se mer av – en trygg hamn mitt i våldets kaos.

Jag lägger in en snus och tänker att kriminaljournalisterna på SVT måste vara de lyckligaste människorna på jorden. Hur tar man sig till en sådan position? Vilka smarta drag måste man göra för att nå dit?

Jag förlorar mig sedan i Kennedymordet – ett annat kaninhål som det vore möjligt att gräva sig ner i. Jag konsumerar nyheter, både svenska och internationella. En kommentator säger att det som vi nu lever i kanske är ett världskrig utan att vi förstår det ännu. Ingen kallade Andra världskriget för Andra världskriget när Polen invaderades av Hitler. Det är i efterhand vi kallar det så. På samma sätt kanske det förhåller sig nu när Ryssland har invaderat Ukraina. Vi de samtida är kanske de enda som inte förstår, medan framtidens böcker – eller grottmålningar – redan kallar det här för Tredje världskriget ...

Fredagen infinner sig, till mångas glädje. Jag dricker endast tre öl och packar ner de andra fem burkarna i väskan.

Lördagen är disig och hela E4 är grå av finfördelat regn. "Är det en normal vinter det här?" undrar jag för mig själv. Regn i februari. Åtta plusgrader. Jonas sitter stum bakom ratten, han verkar ha på känn att jag inte ska komma tillbaka.

"Upp till storstaden igen ja", mumlar han tonlöst.

"Ja. Tack för att du skjutsar", säger jag.

"Du, jag snackade med Fabian i veckan."

"Jaha? Vad ville han då?"

"Nej, ingenting. Vi pratade lite allmänt bara. Men han nämnde några saker som jag vill höra med dig om."

Jag fäster blicken rakt fram.

"Du skrämde tydligen hans katt när du bodde där."

Jag suckar.

"Kanske det. Var det så allvarligt då?"

"Han är ju väldigt fäst vid dem ..."

Jonas tar upp fler saker.

"Du gick på restaurang och tog krita. Flera gånger. Du tog lån av folk, inklusive hans vänner. Du gick ut och förväntade dig att andra skulle betala för dig. Du lämnade ditt presskort som pant, men det var utgånget. Du tog krita på restauranger på Fabians vänners namn som du vet är väldigt rika och de blev förbannade på dig."

Jag stirrar framför mig in i det gråa diset medan ryktet från Fabian och hans vänner återberättas i bilen.

"Hur gammal är du, Balder?"

Jag suckar igen.

"Spelar ålder någon roll?"

"Har du inte tänkt ordna upp ditt liv?"

Mitt svar blir snäsigt.

"Vadå 'ordna upp'? Jag ordnar upp mitt liv varje dag! Hur skulle jag agera för att du och alla andra inte ska säga till mig att jag ska ordna upp mitt liv? Jag försöker, okej? Jag ska upp till Stockholm nu och filma. Har jag lite tur blir det bra filmer, och kanske ett par tusenlappar. Okej?"

Medan jag är uppe i varv påminner jag Jonas om att min kanal har gått ovanligt bra de senaste månaderna. Följarna har berömt min produktivitet, min höga nivå, de tycker att jag har tagit ett kliv uppåt också vad gäller produktionskvalitén. Vad betyder det om inte att jag är på rätt väg?

Hur det än är: Detta får bära eller brista. Det är nu eller aldrig. Om jag inte satsar nu kommer ingenting ske.

Stockholm är insvept i kyla. Jag tar en promenad på Sveavägen och fotograferar i området kring Skandiahuset, köper en kaffe på Subway som ligger snett mitt emot mordplatsen och tar ett foto på Skandiahuset och före detta Dekorima-hörnet där Olof Palme sköts ihjäl. Där Subway ligger fanns 1986 Svea konditori, dit Christer A, mannen som jag den senaste tiden har publicerat flertalet filmer om, fikade på årsdagen av mordet åren 1994 och 1995. Varför hade han det beteendet? Vad fick han ut av att sätta sig just där och fika – och just på årsdagen? Vissa tror att det var hans sätt att bearbeta det hemska som han hade gjort.

Jag publicerar bilder från mordplatsens närområde på min kanal. Jag går en promenad på kvällen och tar bilder av biografen Grand. Jag adderar filter som ska få det att likna analoga bilder med åttiotalsstämning.

Dagarna rasar framåt och jag fryser om fötterna. Jag känner mig som ett med Stockholm. Här vill jag leva och ingen annanstans. Under söndagen hålls konferensen. På kvällen sätter jag mig inne på Urban Deli, som ligger i hörnet där Dekorima tidigare låg, och strålar samman med Dag Streber, grundare av den största podcasten om Palmemordet.

Vi filar på en flera år gammal idé om ett samarbete. Som tur är verkar Dag Streber positivt inställd.

"Jag måste bara fråga dig en sak, Balder."

"Kör på."

"Hur var det med dig och Oscar egentligen?"

Jag förstår genast vad Dag Streber fiskar efter. Poddens kritiska hållning till Oscars arbete med LAC-banden var tydlig redan från början. Poddens andra medarbetare, Dags kollega, riktade kritik mot mig eftersom jag hjälpte till att föra fram charlatanen Oscars teorier.

"Hur ser du på Oscars uppgifter idag?" undrar Dag.

Jag viker undan med blicken och tittar ut på Tunnelgatan, som idag heter Olof Palmes gata.

"Det är inget jag håller fast vid längre."

"Är det så att du kan tänka dig att pudla?" undrar Dag.

"Absolut", säger jag och nickar. "Det jag lyfte fram på min kanal på den tiden är ingenting jag står för idag. Jag håller helt med om er kritik av Oscars arbete."

Jag styrker mitt påstående med att säga att jag sedan länge har raderat filmen där jag misstänkliggjorde Anti Avsan. Inte ett spår finns kvar på min kanal av mitt och Oscars samarbete. Han är ett avslutat kapitel för min del. Dag Streber säger att han gärna går ut med "pudlandet" i podden samtidigt med informationen om att vi ska samarbeta. Annars kommer följarna av podden sannolikt ställa kritiska frågor, eftersom mitt samarbete med Oscar väckte känslor i Palmemordskretsarna.

Jag förstår precis vad Dag Streber menar. Det finns bara två sorters människor när det kommer till Palmemordet: de galna vettlösa och de sansade sunda.

När Dag Streber har gått tänker jag att jag har haft tur. Vad Dag inte verkar känna till är att jag gjorde ner hans kollegas insats i podden, när de kritiserade mitt och Oscars samarbete. Jag skrev till Dags kollega, en frilansande journalist som fick kicken från TV4 i Malmö, att han slaktar andras journalistik och tjänar pengar på andras idéer. Jag riktade slag mot både honom och mot Esajas Larsson, den självutnämnde kritikern, som liknade Oscars metoder för ett rorschachtest.

Trenden pekar uppåt för min del. Nu ska jag börja producera avsnitt för den stora podden. Två inkomstkällor ska bli tre: gåvor, annonsintäkter ska kompletteras med ett arvode per publicerat avsnitt. Eftersom jag är inne på att Palmemordet utfördes av en ensamagerande gärningsman behöver jag rebranda min kanal. Jag skriver en kort text på prov:

"Välkommen till den enda seriösa kanalen om Palmemordet! Jag som arbetar bakom spakarna heter Balder Vass och är utbildad journalist."

Det låter bra. Jag lägger till mitt telefonnummer som folk kan skicka pengar till och publicerar den nya presentationen.

Den enda vägen som finns är framåt och det enda som leder framåt är den seriösa vägen – som seriös granskare.

Dagarna i Stockholm är över allt för snabbt. Samma morgon som jag ska åka tillbaka till Jönköping upptäcker jag till min fasa att min väska är borta tillsammans med all min utrustning. Jag ringer till alla restauranger där jag har varit, alla platser där jag kan ha förlagt den.

På årsdagen av Palmemordet, onsdagen den 28 februari, skriver jag ett meddelande till mina följare om att jag tyvärr har förlagt min väska. En film var planerad för årsdagen men av förklarliga skäl blir det inget avsnitt.

Utan kamera, utan minneskort, utan mikrofoner och utan mikrofonförstärkare anländer jag till Jönköping och plockas upp av Jonas på stationen. Hela tågresan har jag varit darrig och känt mig nästan förintad. Jag har ringt polisen varannan timma utan resultat. Jonas lyssnar på min berättelse och förstår inte hur det har gått till, det är väl inte första gången jag förlorar saker?

Visst, jag är lite slarvig ibland. Nu hänger allt på att väskan är upphittad av en ärlig person.

Jonas kör ovanligt sakta på E4. Regnet vräker ner.

"Hur var konferensen?"

"Jag var inte där. Visste du inte det?"

"Men du gjorde väl reklam för konferensen på din kanal?"

"Ja. Jag ville hjälpa dem att nå ut med budskapet. Så kanske de bjuder in mig nästa gång."

Jag är tillbaka i spenaten. Jonas har börjat måla mer färgstarka tavlor sedan vi sågs för ungefär en vecka sedan. Tyvärr har jag endast min telefon att filma och intervjua honom med. Jonas förklarar inför kameran att han är trött på skogar.

"Det blir liksom för mycket att både bo i skogen och att måla skog", säger han och skrattar åt sig själv. Tavlorna består av röda och gula färger. Han målar ansikten som står uppställda på rad på något slags Ikea-hylla. Det är inte döda ansikten, tvärtom verkar alla ha glada munnar. Han målar landskap i bjärta färger där allt ser lika nära ut och där skuggorna har helt andra färger än de mörka nyanserna som skuggor brukar målas i.

Jonas har en lågmäld röst när han förklarar.

"Det jag målade förut var ju jävligt deppiga motiv också. Vilt-olyckor. Vem fan kommer på något sånt?"

Han skrattar torrt åt sig själv – i brist på burkskratt.

"Jag håller med", säger jag. "Det blir för deppigt."

"Ja", säger Jonas. "Nu känner jag att jag är på rätt bana igen. Nu får vi bara hoppas att jag får iväg de där älgarna ur huset."

"Du kan väl sänka priset? Sälj till några tyskar."

"Skogens konung ..." mumlar Jonas tankfullt till svar.

Jag är hängig och trött, ligger i soffan stora delar av dagen. Fötterna är kalla som om där saknades cirkulation. Jag förstår inte att Jonas står ut med den här låga temperaturen. Jag har ingen dator, istället får jag läsa mina kommentarsfält på telefonen. Kommentarerna på mitt senaste inlägg liknar varandra. Många beklagar min förlorade väska och visar sympati med mig. Någon undrar hur jag kan ha en sådan otur. En följare skriver: "_Får sånt hända, Balder?_" Andra skriver och hoppas att någon vänlig själ lämnar tillbaka mina prylar – något jag bara kan hoppas på men som jag tyvärr inte tror kommer ske.

En av mina följare skriver: "_Beklagar verkligen._ 🙏 🙏_I sann 'Balder-anda', kanske vi får se en kommande video om utredningen av hur din dator försvann? Vilken väg du tog, eventuella spår efter datorn, eventuella misstänkta ..._ 🙏 🙏

Någon skriver: "_Tänker på Jönssonligan av någon anledning._"

På Flashback är det redan någon som har kommenterat händelsen på ett cyniskt sätt: "_Nu säger han sig ha tappat bort sin väska med dator, kamera och annan utrustning. Har han inte gjort det tidigare också? Skulle lika gärna kunna vara ett sätt att tigga nya pengar._"

Idioter ... Idioter ...

Jag känner mig halv utan dator. Som om jag bara lever ett halvt liv. Jag känner mig amputerad. Det är som om skogen böjer sig över huset för att sluka mig. Som om jag håller på att murkna som en gammal stubbe som aldrig får hamna där han är menad att hamna.

Mitt hem blev förlagt. Min själ blev kvar någonstans i Stockholm och min kropp sändes tillbaka till en plats där jag bara kan förruttna. Är det inte ironiskt på något sätt? Mitt hem och min arbetsplats stannade kvar där mitt hem är. Min själ vandrar omkring på Stockholms gator utan sin kropp.

På fredagen tar jag en promenad för att se om Irina är hemma. Inte för att jag vet hur jag ska kunna avgöra den saken, men något visar sig alltid. Min insikt här i livet är att man alltid blir klokare bara man sticker huvudet ut genom dörren och öppnar upp sig för världen. På varje parkbänk kan man finna en berättelse. Det är milt ute som en för tidig vår och jag tänker spontant att det vore fint att träffa en tjej. Jag önskar någon att gosa med, se film med, kanske flytta in hos.

Irina är hemma, eller rättare sagt möter jag henne på vägen där hon går och pratar i telefon. Hon pratar så tyst att jag knappt hör hennes röst, den bara försvinner förbi som en insekt om sommaren. Hon möter hastigt min blick, ögonen ser sorgsna ut, mörka, men för mindre än en bråkdel av en sekund tycker jag mig se ett leende på hennes läppar, att hon ler snabbt mot mig.

Jag passerar henne åt motsatt håll. Bilden har etsat sig fast till klarhet. Jag är säker på min sak: Hon log.

Rösten verkade bekymrad däremot, liksom ögonen. Jag vänder mig om och ser hur hon promenerar upp mot avfartsvägen som leder förbi den gamle mannens hus. Hon svänger höger och fortsätter promenera rakt fram bort från skogen som jag själv kom från.

"Irina ..."

Jag suckar namnet för mig själv. Hon är lagom lång också. Hon verkar ha ett brunt, lockigt hår under sin mössa. Smala ansiktsdrag, rak näsa, inget överflödsfett. Jag kan inte hjälpa det, jag bara måste lära känna henne.

Irina stannar långt borta på vägen, hon syns bara som en prick med två ben. Jag känner på mig att det är lite konstigt det jag håller på med, att stå och spana efter henne, så jag fortsätter promenera tills jag kommer i höjd med en länga tallar som hör samman med skogen. Flera minuter står jag där och väntar.

Kan hennes telefonsamtal ha något med kriget att göra? Kanske brist på pengar? På nyheterna hör man ofta om att de ukrainska flyktingarna i Sverige får väldigt lite pengar av staten. Endast trettio kronor per dag, vilket är som att be om prostitution på gatorna. Trettio kronor per dag motsvarar en dålig dag för mig på min kanal.

Jag väntar tills Irina kommer gående tillbaka på landsvägen. Jag går fram till huset och ställer mig vid den nakna busken som markerar gräns mot vägen. När Irina är nära ler jag stort.

"Hej igen", säger jag på svenska.

Jag till och med skrattar.

"Hej", säger Irina och ler, och jag försöker läsa i hennes ansikte om hon är olycklig eller lycklig idag.

"Du är också ute och promenerar?" säger jag på engelska.

Hon skrattar till.

"Ja. Jag tycker om att vara ute."

"Det måste man för att inte bli galen", säger jag.

Innan en konstig tystnad hinner uppstå framför jag mitt ärende.

"Jag tänkte fråga. Är du intresserad av att dela din historia med mig? Jag menar på min kanal?"

Irina ser helt neutral ut i ansiktet.

"Min engelska är inte så bra ..."

"Jag tror den är bra nog", säger jag.

Irina står med de smala benen tätt ihop, hon har blå stretchjeans och jag försöker avläsa hennes kroppshållning.

"Varifrån i Ukraina kommer du?"

"Charkiv."

Jag nickar intresserat och tycker mig minnas att det var en av de städerna som bombades allra mest i början av invasionen.

"Har du familj där?"

"Ja ... Min man är kvar. Och min ... Vad heter det?"

Jag står stilla och lyssnar utan att riktigt lyssna.

"Jag menar min mans mamma. Hon bor där också."

Jag nickar sakta, inifrån min egen värld.

"Så sorgligt. Varför stannade han, din man?"

Irina suckar.

"O, en lång historia ..."

"Jag förstår."

Jag har inget utrymme kvar i hjärnan för tillfället, ingen förmåga att vända den här situationen. Ändå tvingas jag driva konversationen framåt. Det vore för avslöjande att bli ointresserad bara för att jag nyss fick veta hennes civilstatus.

"Vad jobbar du med?"

"Nu?"

"Jag menar i Ukraina."

"Jag är lärare i ... Vad heter det?"

Irina söker efter ord och finner det: *preschool*.

"Men innan jag åkte var jag och mina kollegor mer socialarbetare än lärare."

Irina berättar att många barn förlorar sina föräldrar i kriget och lärarna måste ta hand om deras emotionella behov.

"Ska din man komma till Sverige också?"

Irina tar ett djupt andetag och ögonen blir dystra.

"Det är det vi hoppas ... Men vi vet inte."

Jag nickar att jag förstår.

"Regeringen i Ukraina talar om mobilisering."

Jag gör en bister grimas, för jag kan förstå hur det kan kännas att ha sin respektive kvar i ett krig.

"Hemska tider vi lever i", säger jag med dyster röst.

Irina instämmer. "Men Sverige är bra. Jag gillar det."

Hon ler när hon tänker på det.

"När tror du kriget är över?" frågar jag.

Samtidigt smäller det någonstans. Jag blir rädd innan jag inser att det är ytterdörren till huset som slås igen hårt. En man i sextioårsåldern kommer ut från huset klädd i gubbkeps och olivgrön oljerock med senapsgul manchesterkrage. Han ler mot mig och höjer handen lätt i en hälsning. Jag presenterar mig och säger att jag för tillfället är bosatt ett par minuter bort. Jag pekar inåt skogen.

"Hos Jonas?" undrar mannen.

"Ja. Precis", säger jag.

Mannen öppnar garaget, bilmotorn börjar mullra där inne och snart backar bilen ut. Irina berättar för mig att de ska åka in till Jönköping. Jag kväver en impuls som säger att jag ska fråga om jag kan följa med.

En annan impuls däremot följer jag.

"Vill du dricka en kaffe med mig?"

Irina ser förvånad ut.

"Jag vet inte … När då?"

"När som helst."

Bilen har backat ut och ställt sig med avgasröret vänt åt vårt håll. Ljudet från motorn och det snuskiga, nästan gurglande avgasröret ger ifrån sig ett darrande oväsen, som ett maskinellt dreglande.

"Kanske i framtiden", säger Irina och slår ner blicken. "Jag måste skynda mig nu."

"Självklart", säger jag. "Det behöver inte vara så dramatiskt."

Irina ler snabbt.

"En kaffe bara", säger jag.

Irina går bort till bilen.

På kvällen händer det. Det sker inte planerat. Inte på riktigt som i en plan. Det sker impulsivt – men efter många tankar. Jag följer dikeskanten. Från sidan smyger jag mig nära. Likt andra gånger är huset dunkelt upplyst, som om den gamle mannen alltid omslöt sig med mörker. Lampan på väggen av garaget tänds inte som förra gången. Jag håller mig på min kant.

Dörren på baksidan är lätt att öppna. Jag lyssnar, det hörs ett ljud från övervåningen. Det är ett släpande ljud. Köket är stökigt, jag öppnar försiktigt kylskåpet och finner ölburkar som jag genast plockar på mig i rockfickorna. Jag lyssnar igen. Det är alldeles tyst i huset. För min del är det bra att mannen befinner sig på övervåningen, han kommer höras tydligt om han börjar gå ner för en trappa.

Jag smyger in i vardagsrummet, får syn på flaskor med whisky som står i en bokhylla. De vackra, tunga flaskorna glänser som mörkt guld.

Detta är himmelriket. Jag lämnar huset med dörren noggrant stängd bakom mig. Jag svär för mig själv att jag var så dum att jag inte lät påsen fyllas. Jag hade ju chansen! Men jag får vara glad för det jag får.

Nästa morgon nås jag av ett glädjebesked.

Människor är verkligen kapabla till godhet!

Min väska är inlämnad till Stockholmspolisen och allt innehåll verkar finnas kvar. Jonas skjutsar mig in till stan där jag hämtar ut paketet. Jag blir sedan sittande i en stol på ålderdomshemmet med datorn i knäet ute i en soldränkt lobby som skimrar av brunrött tegel. Datorn är hel. Allting är kvar. Jag går in på min kanal och läser vad mina följare har skrivit.

"Du kom nog lite för nära sanningen. Ta det försiktigt, Balder."

Många konspirationsanstrukna tror att alla som forskar djupt i Palmemordet kommer att bli hemsökta av Säkerhetspolisen – eller någon annan aktör som de tror har varit inblandad i Palmemordet. De verkar tro att allt som händer en sanningssökare hänger samman i en enda stor komplott. Det är knappt så att naturliga dödsfall finns i deras värld – alla skulle leva för evigt om det inte vore för en sammansvärjning i maktens korridorer.

Jag raderar mitt inlägg om den försvunna väskan.

Solen skiner med full styrka från den blå himlen, folk går med jackorna öppna och jag handlar en billig flaska whisky på Systemet och köper en limpa snus på Hemköp. Snuset är en ovana, men det behövs ovanor för att orka leva.

Jag går omkring på gatorna i Jönköping och känner vårens värme och kanske mänsklighetens. Borta är det mörka, det blöta och dystert kalla. Jag glider in på Espresso House och öppnar datorn. När ingen ser hämtar jag en kopp från diskvagnen som står vid toaletterna. Jag tar den med in på toaletten och diskar den med handtvål. Efter ett par minuter går jag till disken med koppen och frågar om det ingår en påtår. Baristan frågar vad jag har köpt och jag säger att det var vanligt bryggkaffe.

Hon fyller på min kopp och jag återvänder till min plats där datorn står – mitt hem.

Det enda som ger mig vitalitet i livet är Palmemordet. Den övriga kriminaliteten gör mig nedslagen. Den bara pågår och pågår. Jag läser nyheterna om sprängningar som slår alla rekord i Sverige. Vissa kommuner försöker med reklam: "Ditt narkotikaköp gynnar gängen", skriver Växjö kommun.

Jaha, men bygg inte ett så ojämlikt samhälle då – så kanske folk slipper fly in i droger!

Jag tänker ofta på Irina. Hon är som en verklighetsflykt. En annan vanlig tanke är hur jag ska kunna flytta till Stockholm igen. Jag tänker att det nog får bli varmare först. Och så tänker jag på Palmemordet igen. Jag fantiserar om Dekorimahörnet och flyttar mig tillbaka till februari 1986. Ibland är det så enkelt som att man ritar en liten teckning på en papperslapp. Vem var det som väntade i hörnet? Jag vill veta, jag vill verkligen veta, även om det skulle leda till slutet för min kanal.

Dagarna löper på med minimal variation. Alla dagarna börjar på samma sätt med att jag vaknar när jag vaknar. Jag käkar det som finns att käka och jag tröskar igenom det som finns att tröska i dagstidningarna. I mitt flöde matas nya artiklar fram i ett aldrig sinande flöde. Algoritmerna vet vad jag är intresserad av och mina fingrar rör sig vant in och ut mellan olika textflöden.

När artiklarna blir ointressanta jobbar jag med det som finns att jobba med, om det finns något att göra. Det händer att jag slänger mig på Jonas soffa och plöjer någon dokumentär, om seriemördare, massmördare, konspirationsteorier eller liknande. Jonas målar på sina tavlor längre bort i det stora rummet samtidigt som han lyssnar på en podcast i sina trådlösa hörlurar. Ibland snackar vi om något när jag tar en paus och lägger in en snus. Typ kriminalitet. Gängvåld. Sprängningar. Skjutningar. Jonas säger att problemet idag är slapp uppfostran. Föräldrarna låter barnen driva vind för våg. På hans tid, i hans barndom, hade sådant aldrig gått för sig. Då lärde barn sig veta hut. Det fanns en omtanke i samhället.

Jonas har en politisk sida som har fått honom att råka illa ut många gånger de senaste åren. Trots sin talang är det tydligt att han är förbrukad och bortkastad. Han stinker, han smittar, han smutsar ner. Han har blivit omöjlig i möblerade rum, detta boomerväsen med bästföredatum på nittiotalet. Min fasta målsättning är att aldrig hamna i samma situation som Jonas. Det gäller att balansera med fötterna och lägga vikten helt rätt på linan som är livet.

Jonas talar ofta om "offerkoftorna" i samhället. Han menar att det råder "offerolympiad" i dagens samhälle, där den som det är mest *synd om* är den som har mest *rätt* i sina argument. Idag ska man inte göra sig duglig, menar Jonas, utan det handlar om att måla upp en svart ram kring sig själv – helst ska man vara förtryckt av en majoritet, våldtagen och missgynnad.

Jonas talar genom rummet med sin medryckande emfas.

"Bara inse sanningen", säger Jonas. "Ingen skulle ju någonsin få för sig att strida för *din* sak, Balder. Eller hur? Det finns ju tusen kategorier människor som går före dig. Som samhället anser att det är mer *synd om*. Bara se på dig, Balder. Här ligger du: en ung, kompetent man i sina bästa år. I soffan. Utan arbete. Utan uppdrag. Utan någon som egentligen frågar efter din kunskap. Och så finns det *andra*, som glider på en räkmacka av ryggdunkande rakt in på de stora teve-kanalerna. Men *du* får aldrig chansen. I ditt eget land får du aldrig *chansen*. För du är bakbunden på förhand. Du tillhör *fel grupp.*"

Jonas ord är oerhört medryckande. Tveklöst har han förmågan att bli en socialistisk agitator. Och visst, jag ger Jonas delvis rätt. På sätt och vis kanske det är synd om mig. Men jag vet att om man börjar gräva ner sig i oddsen – om man verkligen stirrar allt som talar emot en i vitögat – blir man svart i sinnet. Jag försöker vara nöjd så länge jag får hålla på med det jag vill. Får jag mer pengar så gärna för mig, men det är inte nödvändigt.

"Det är just det som är *grejen*", säger Jonas så att det ekar i det stora rummet. "Du får ju aldrig chansen! Du får aldrig chansen att visa vad du går för! För det sitter *byråkrater* på stolarna och vid kassavalven, som är fyllda av pengar. *Våra* pengar! Våra *skattepengar*! Det sitter *betongrövar* som tjänar *pengar* på att tala om för dig och för mig vad vi får tycka och vad vi får känna, och vad du får säga och inte säga. *Dit* går alla pengarna, till såna sladderkärringar, istället för att hamna i *mina* fickor, och i dina, Balder."

Jag rättar till snusen med tungspetsen.

"Ja, men vad ska man göra, Jonas? Alla politiker vill samma sak med samhället. Och alla byråkrater också."

Jag tycker mig förstå Jonas ganska bra, även om jag inte kan placera honom politiskt. Han klagar över att pengar samlas i för stor hög, vare sig det är hos privatpersoner, de rika, eller på stora redaktioner. Pengarna ska spridas ut, menar Jonas. Rika, tråkiga och i grunden goda människor borde dela med sig av sina miljoner så att konstnärerna kan skapa *liv* i samhället – ett liv som de rika aldrig kan skapa med sin tomma lyx.

Underförstått: för det här som Jonas lever är inget liv. Det liv han lever är en enda lång räcka av förnedrande dagar där han dessutom är belagd med munkavle, och utstår en fattigdom som får honom att bli en totalt onyttig människa – ett mänskligt överflöd.

Sluta tänka så mycket. Du krossar ditt eget hjärta!

Jag låter tankarna segla till Irina istället. Hela kvällen tänker jag på henne och på hur hennes man kanske kommer bli kvar i Ukraina.

Om det händer, betyder det då att jag har en chans?

Jag vågar knappt tänka sådana tankar. Han kanske stannar, eller hamnar vid fronten, och då ska hon leva långt borta och hoppas på att han överlever.

Och vad ska jag hoppas på?

Det blir torsdag. Jonas går omkring i huset och svär över att Sverige idag går med i Nato utan en folkomröstning. Själv är jag glad, inte över Nato, men över Irina, att hon finns. Många människor drömmer om Natos trygga famn, och jag kan tänka mig att Irina drömmer om Nato hon också. Nu bor hon i ett Nato-land där hon kan känna sig trygg.

Solen skiner från en klarblå himmel som endast korsas av vita små flygplan som gnistrar i solen, lastade med resväskor och inte missiler. Jonas märker på mig att det är något, han reagerar ofta på att jag vill åka in till stan.

"Du ska naturligtvis flytta till storstaden", säger han. "Du ska bosätta dig där och bli mätt på det."

Jag håller med Jonas. Han säger det jag känner tydligt inom mig. Jag är inte menad för spenaten. Jag är menad för större, intressantare platser. Men så tänker jag på Irina. Borde jag stanna några veckor i spenaten för hennes skull?

Det blir kväll och jag tar med mig väskan ut på en promenad. Ett av livets stora glädjeämnen är när jag lyckas hitta en smidig, billig lösning på något stort behov som jag har. Då blir jag upphetsad. Det känns genast *rätt.* Irina skulle kunna vara en sådan lösning, tänker jag där jag går fram på landsvägen. Inte just nu. Men vem vet vad som händer i framtiden?

Jag stannar till och blickar upp mot himlen där varenda stjärna syns tydligt. Vissa stjärnor är mer som damm än enskilda solar. Jag får en impuls att fota av himlen men jag vet av erfarenhet att jag skulle behöva en dyr kamera.

Jag lyssnar en stund på tystnaden som är kompakt här ute, som en stor grav. Jag är som en stor snigel. Jag bär mitt hus på ryggen och det är enda sättet för mig att överleva.

"People seldom do what they believe in."

Jag fortsätter min promenad till platsen där skogen slutar och öppnar upp för det sluttande landskapet där de utströdda husen glimmar i mörkret. Mannen som bor i det närmsta huset verkar minst sagt bortkommen. Han verkar inte märka att saker försvinner. Han kanske tror det är hemtjänsten som stjäl? Jag brukar smyga väldigt tyst. Jag hittar lätt det jag behöver, och jag kan tänka mig att om han en dag lämnar huset för att åka in till stan så kan jag ha tid att snoka fram fler saker, som pengar. Nu får det duga med drivmedel. Han är en person jag rent av skulle vilja *tacka* – om nu en sådan gest vore passande. Han hjälper mig samtidigt som han räddar sin egen hälsa.

Även ikväll får han en påhälsning. Det är lustigt att han inte märker något och att han låter dörren in till köket stå olåst. Jag öppnar kylskåpet. Ingenting nytt på hyllorna. Gamlingen befinner sig i duschen. Jag kan höra hur det dånar där uppifrån. Han hummar högt på någon sång som låter som dansband. Jag plockar på mig två flaskor Jack Daniel's – old time Tennessee.

Om Jonas har en Coca-Cola hemma så vet jag vad jag ska göra senare. Jag känner redan smaken i munnen och det river av längtan i halsen. Jag lyfter på en flaska Black Velvet, den åker också ner i väskan. Golden Arms, treårig. Det klirrar när flaskorna stöter i varandra. Jag stannar upp mitt i en rörelse. Duschen är avstängd. Inga steg hörs.

Räcker det? Det står en flaska vodka i hyllan också, Coumaroff Vodka. Det får bli det sista jag hämtar. Jag stänger väskans dragkedja med stor möda och smyger mig tillbaka till köket samtidigt som flaskorna klirrar i väskan alldeles för högt. Jag öppnar dörren som leder ut i mörkret, lystrar en sista gång innan jag glider ut och stänger försiktigt bakom mig. Jag går snabbt för att korsa baksidan av huset på så kort tid som möjligt, bort mot änden av tomten där jag vet hur diket ser ut. Jag vill undvika vägen eftersom den knarrar.

Det tar olidligt lång tid att korsa tomten. Baksidan är säkert uppåt sjuttio meter lång. Väskan är tung av alla flaskor och av datorn som jag var dum nog att inte plocka ur.

Jag vänder mig om och tittar mot huset. Något har hänt där bakom mig. Det tar mig två sekunder att märka vad det är. En stor, björnliknande gestalt står på balkongen. Han står alldeles stilla, liksom hopkrupen med sin enorma kroppshydda. Jag står lika stilla på mina två ben och stirrar över axeln. Hjärtat slår hårda slag. Syns jag i mörkret? Jag tar några steg, det hörs ingenting. Det här kanske var oförsiktigt av mig, ja, alldeles säkert är allt en missbedömning. Jag är nästan framme vid diket som är svårt att urskilja i mörkret. Jag tar ett par försiktiga steg. Samtidigt hör jag en stark smäll som rullar i vågor över hela landskapet. Innan smällen har brett ut sig i full kraft viner något genom luften. Mannen har skjutit ihjäl sig, tänker jag desperat. Jag står alldeles stilla utan att förstå vad som pågår. Min hjärna arbetar snabbare än mitt medvetande och plötsligt vet den precis vad som har hänt. Jag springer mot diket med ett par spänstiga steg.

Vad jag borde göra är inte klart för mig, vad jag däremot gör är irrationellt. Jag kravlar mig upp på andra sidan diket. Det höga gräset med tidig nattfrost kittlar min haka. Flaskorna dånar när de slår mot varandra och mot datorn. Jag är rädd att någon av dem ska gå sönder.

När jag kravlar upp på den hårt packade landsvägen tar jag spjärn mot mitt ena ben för att pressa mig upp till stående. I samma stund exploderar benet. Smärtan är djurisk och jag skriker för full hals samtidigt som jag faller ner och slår sidan av pannan i landsvägen. Skriket som jag har sänt ut i ödsligheten dränks i en våldsam explosion som rullar in i skogen och lyfter upp mot skyn där stjärnorna tindrar. Smärtan i benet är så våldsam att jag fortsätter skrika där jag ligger på mage tryckt mot den hårda marken, jag skriker för full hals långt efter det att dånet har upphört.

Jag kan inte stötta mig på mitt ben längre, kan inte ens krypa på vägen. Det dånar av smärta och jag ser ingenting med mina ögon. Det enda jag känner är att jag blöder och att benet inte fäster som det ska vid knäet.

Då plötsligt smäller det igen och hela min rygg blir blöt. Mitt huvud skärs av tusen glasskärvor.

Jag hade förlorat mycket blod när ett äldre förbipasserande par i en bil hittade mig avsvimmad vid vägkanten. De första minnena jag har från sjukhuset är indränkta i en fruktansvärd smärta starkare än allt jag någonsin har upplevt. På akutmottagningen sa de att det skulle bli nödvändigt med amputation, men jag överhörde också att amputationen nästan var gjord av sig själv. Man talade om att ta det så långt ner som det bara gick, vilket var strax ovanför knäet.

Jag sövdes ner. När jag vaknade levde jag på en cocktail av smärtstillande mediciner i ett par dagar. Under mina något så när klara stunder låg jag i sängen i ett rum och försökte förstå realiteterna, men mina försök att förstå gick inte så bra.

Efter några dagar bytte personalen kompression på mig eftersom det var viktigt att motverka svullnad i stumpen. Det var viktigt eftersom benet skulle förberedas för protesanvändning. När jag hörde det ordet, *protes*, genomfors min kropp av en skakning och jag stelnade till. Det kändes som om mitt hjärta skulle stanna. Jag slutade andas och höll kvar luften i lungorna på ett krampaktigt sätt som om luften omkring mig vore förpestad. Det var som gångerna då jag vaknade upp ur min djupa sömn; jag frös som inför en fara, men faran var ju över och det som jag inte kunde inse var själva verkligheten – mitt nya normaltillstånd.

Min oförmåga att förstå återspeglades i mitt beteende. Ibland kikade jag ner på min kropp. Det skedde liksom i smyg. Jag drog undan täcket och lyfte stumpen från underlaget. Den reste sig själv nästan helt utan ansträngning. Mitt ben, en gång friskt och fullväxt, var reducerat till en kulle av vit textil. Jag stirrade som om jag inte kunde förstå att den här stumpen satt på min egen kropp.

Jag kom ofta på mig själv med att tänka att vistelsen på sjukhuset var en utdragen dröm som snart skulle ta slut.

Jag blundade, lät stumpen vila mot madrassen och kunde efter en kort stund känna min fot. Den satt precis där knäet började och kom hela kroppen att kännas oproportionell, obalanserad. Jag kunde känna allt som tillhörde min kropp i detalj, ända ut i mina tår.

En av de vanligaste frågorna från sköterskorna var "Har du ont?" eller "hur mycket smärta känner du?"

De frågorna fick mig att tro på goda änglar. Jag fick precis de medel jag behövde och smärtan förblev ett undantagstillstånd. Jag kunde fortfarande stundtals känna benet i sin helhet, inte bara i drömmen utan överhuvudtaget när jag låg ner. Jag kunde vicka på foten utan att någonting rörde sig i verkligheten. Då slog jag händerna för ansiktet och antingen grät eller bara kved. Jag drog mig själv i håret och längtade efter sömnen och mina drömmar. Jag sov mer än jag brukade och drömde att jag sprang på gröna ängar. Ibland sprang jag på Tylösands strand där sanden var kokhet och brände mina fotsulor. När jag vaknade började jag alltid böla – varje gång grät jag så illa att personalen frågade om jag ville prata med någon. Men allt jag ville var att få tillbaka min kropp! Jag ville backa bandet som inte gick att backa. Det var det enda jag kunde säga till kuratorn första gången vi pratades vid.

I början av sjukhusvistelsen kom polisen på besök för att göra förhör. De sa att blodspåret sträckte sig tiotals meter på landsvägen. Hade jag rullat längre ner i diket skulle ingen människa ha sett mig på grund av hur bilens strålkastare är riktade. Jag hade haft tur som överlevt.

Lustigt nog minns jag väldigt lite av olycksnatten, jag minns inte hur jag lämnade gräsmattan ens, hur jag lyckades korsa diket i änden av ägorna. Polisen ville veta vad jag gjorde ute så sent på kvällen. Jag sa att jag tyvärr inte mindes någonting.

Min tillvaro på sjukhuset bestod av sömn som gränsade till utslagning och en vakenhet präglad av dvala, men också av kontakt med olika kategorier av personal: arbetsterapeuter, fysioterapeuter, kuratorer, ortopedingenjörer. Jag hade svårt att förstå skillnaden mellan människorna till en början, men sakta och liksom indirekt gick det upp för mig att detta med att förlora sitt ben var en sak som skulle förändra livet på sätt som jag ännu inte förstod fullt ut.

Personalen introducerade tidigt mitt nya förflyttningsredskap rullstolen. Den var viktig vid längre förflyttningar med eller utan en protes.

En av arbetsterapeuterna blev snabbt min favorit. Rebecca hette hon och såg lite asiatisk ut. Jag frågade henne försiktigt och det visade sig stämma. Hennes pappa var svensk och mamman kom från Kina. Hon var oerhört vacker, smal, med frisk hy och smala händer där man kunde se senorna och blodådrorna. Hon gjorde balansövningar med mig så att jag kunde sitta i en stol utan att falla åt sidan. Hon höll mig om min rygg, hennes händer var varma och stadiga. Hon jobbade med stor entusiasm. Jag fick en känsla av att hon gillade mig som mer än patient.

Min sociala förmåga var inte amputerad, inte det minsta, så jag småpratade med nästan alla jag kom i närheten av.

"Du som kvinna, svara ärligt", sa jag till Rebecca. "Tror du jag kan träffa en tjej med protes?"

Rebecca log roat, det såg ut som att hon uppskattade framfusiga frågor.

"Menar du träffa en tjej som har protes?"

Vi skrattade åt mitt syftningsfel.

"Nej. Jag menar om du tror att jag kan träffa en *hel* tjej? En som har båda fötterna på jorden?"

Rebecca tvekade inte på svaret.

"Ja, det är väl klart. Tror inte du det?"

"Jag undrar det", sa jag. "Det var svårt att träffa en tjej innan olyckan. Det kommer bli ännu svårare nu."

"Man ska aldrig säga aldrig", sa Rebecca.

Jag andades in tungt, lustfyllt. Rebecca hade ingen ring på fingret. Ingen av kvinnorna på avdelningen hade det, och jag antog att det var svårt att leva med kvinnor som hade sitt kall inom vården. De vårdanställda stretade på i en svår arbetsmiljö. Men om jag träffade Rebecca, om en sådan kvinna blev min, då skulle jag aldrig klaga på hennes arbete. Hon skulle få komma och gå som hon ville med vilket schema som helst.

"Jag kunde ha varit död nu", sa jag till Rebecca.

"Ja", sa hon. "Du blev beskjuten. Eller hur var det?"

"Det var nog en älgstudsare", sa jag.

"Jag vet ingenting om vapen", sa Rebecca.

"Knappt jag heller", sa jag och kände stundens allvar.

"Var du rädd?"

Jag nickade.

"Ja. Jag trodde han skulle döda mig."

"Kan bara tänka mig ..."

Rebecca såg mig i ögonen.

"Men du har modet uppe nu. Det är bra. Tappa inte hoppet."

Jag log tillbaka mot Rebecca och sa:

"Du är bättre än alla era psykologer och kuratorer tillsammans. Du borde be om fördubblad lön."

"Tack", skrattade Rebecca. "Så vänligt sagt."

"Du är verkligen duktig. Vi ska vara glada att vi har personal som dig i vården. Du är verkligen på rätt plats."

Rebecca log mot mig och gick vidare i konversationen.

"Vet du varför det hände?"

"En lång historia ... Jag orkar inte dra den."

"Det är okej."

"Hur gammal är du, Rebecca? Får man fråga det?"

"Trettio i höst", sa hon.

"Har du kris?"

Hon skrattade.

"Nej, nej. Ingenting sådant."

"Har du familj?"

Mitt hjärta slog hårt. Rebecca skakade på huvudet.

"Nej. Det har inte blivit så."

Rebecca refererade hela tiden till mitt obefintliga ben som "stumpen", vilket kändes märkligt, snudd på förnedrande. Bara detta att vänja sig vid det nya ordet, *stumpen* – att det var så personalen benämnde min kroppsdel som en gång varit ett *ben* – bidrog till mina overklighetskänslor. Jag hade själv svårt att ta ordet i min mun. Jag fortsatte att säga "benet". Rebecca däremot talade om *stumpen* som om det vore naturligt, vilket gav mig tvivel på att hon såg mig som något annat än en *patient*. Kanske var jag ingenting annat än en halv människa för henne? Stympad på min fulla mänsklighet?

Vi gjorde förflyttningsövningar med kryckor. Jag var nära att trilla flera gånger. Vi övade upp lederna, särskilt höftleden. Om jag blev uttråkad under vistelsen på sjukhuset var höftledsövningarna alltid det rätta svaret på vad jag borde göra.

En dag fick jag träffa ortopedingenjören som visade mig en protes. Den hade ett inbyggt knä som mest såg ut som ett kompakt, hoptryckt gångjärn. Protesen liknade sådana ben som man kan se i robotfilmer. Mitt i den hoppfulla stämningen som rådde mellan mig och Rebecca kändes det deprimerande att se protesen. Den hade en stor skål längst upp. I den skulle min silikonklädda *stump* passas in.

Ingenjören förklarade att min protes skulle levereras om ungefär en månad.

"Lagom till våren då", sa jag.

Kvinnorna som arbetade omkring mig ställde frågor om min bostad. Kunde den anpassas på något sätt? När jag sa att jag saknade en fast bostad blev de lite ställda och föreslog att jag skulle prata med kuratorn. Så blev det, och vi försökte resonera förnuftigt om min "hemkomst". Kuratorn var en kortklippt äldre dam som hade små ögon och överflödigt skinn som dallrade både på halsen och armarna. Vi kom fram till att det rimligaste i min situation var att ta en diskussion med min pappa som hade gott om utrymme på första plan i sitt hus. Trapporna behövde jag överhuvudtaget inte använda. Jag tänkte att det knappast skulle vara några problem för pappa att jag bodde i hans stora hus – särskilt inte nu i mitt prekära läge.

Snuset var mitt näst bästa sällskap på sjukhuset. Gråtattackerna var ett annat vanligt inslag och de berodde delvis på medicinerna som påverkade humöret. När jag grät kände jag inte igen mig själv. Visst hade jag bölat förr, sentimentalt, förtvivlat, men då fanns alltid världen kvar efteråt, förfriskad som ett landskap genomdränkt av regn. Gråten kunde förnya och vattna världen, spola bort vissa aspekter som var plågsamma. Så fungerade det inte på sjukhuset märkte jag. Regnet gjorde inte samma skillnad. Min gamla värld av möjligheter var borta. För vad var jag, rent mänskligt, om inte alla mina möjligheter?

Hur skulle jag nu kunna fortsätta arbeta? Hur skulle det vara möjligt att tjäna pengar? Hur kom man ens ombord på ett tåg utan att någon lade märke till en?

När flaskorna exploderade i min ryggsäck hade också datorn och delar av min ljudutrustning fått förlorad. Kanske hade datorn rent av räddat livet på mig? Hur hade skottet egentligen träffat? Det enda jag minns är att jag låg på mage och försökte krypa framåt över vägen som en soldat i en amerikansk krigsfilm. Skottet måste ha trängt in i väskan bakifrån, alltså underifrån. Glaset från flaskorna hade exploderat över min rygg och doktorerna hade med hjälp av olika slags pincetter plockat ut några av skärvorna från mitt bakhuvud. Jag rekonstruerade för min inre syn hur skottet hade trängt in undertill på flaskorna och orsakat en reva i min dator. Två eller tre centimeter längre ner och skottet hade krossat min ryggrad.

Vardagarna på lasarettet var enahanda. Jonas kom på besök och hade med sig en flaska likör och en chokladask. För honom berättade jag sanningen om den där kvällen. När jag hade berättat färdigt tittade han rakt ut i rummet, alldeles allvarlig. Jag fick en känsla av att jag hade avslöjat ytterst skamliga detaljer om mig själv som han inte ens hade kunnat föreställa sig.

"Jag vet att det var dumt gjort", sa jag.

Jonas såg på mig.

"Dumt säger du. Vet du också att det var fel?"

Jag förstod inte riktigt vad Jonas menade, eller om jag på något sätt hade motsagt det han sa.

"Hur tror du det känns att få inbrott i sitt hus som gammal?"

Jag svarade inte på den frågan. Inbrott fanns inte på kartan för mig. Vad jag däremot visste något om var hur det kändes att bli bestulen, och när jag blev bestulen var det per definition livsavgörande, för det enda jag ägde och bar i min väska var det absolut nödvändiga. Den som stal en väska från mig gjorde mig i samma stund hemlös. Så var det inte med inbrott där juveler, guld och pengar försvann – ofta till bättre behövande. Hur trodde Jonas det kändes att som ung människa få sin framtid stulen?

Men ingenting av detta sa jag till Jonas eftersom det bara skulle försämra stämningen, relationen.

"Intrång kan slå sönder tryggheten", sa Jonas som svar på sin egen fråga. Han la som vanligt emfas i varje mening: "Det är en *kränkning* av *integriteten*. Känner du till det ordet, Balder? Vet du vad *integritet* är? Kan du leva dig in i hur det känns att få sin integritet *kränkt*?"

"Ja, visst", suckade jag. "Det är klart jag förstår att det var fel agerat av mig."

Det vita taket och den ständiga sjukhuslukten kom mig att tänka otaliga tankar där jag låg passiv i min säng. Vissa tankar var helt nya för mig och väldigt skrämmande. Det mest otäcka som hände var när jag helt plötsligt kunde känna foten eller hela benet.

Mitt medvetande utbrast i full glädje: *"Det är ju där! Benet är tillbaka!"*

Då högg det till i mitt hjärta och jag påmindes om vad jag saknade.

Att prata med kuratorn hjälpte inte, men att tala med Rebecca fick mig att tro på en ljusare framtid.

Så länge det finns förälskelse finns det hopp.

Jag älskade Rebeccas ögon när hon såg på mig, och i ett svagt ögonblick sa jag till henne:

"Rebecca, jag tror inte att jag kommer klara av att sluta träffa dig. Kan ni inte amputera mitt andra ben också?"

Hon gav till ett hjärtligt skratt.

"Tyvärr är det inte så vi jobbar i sjukvården."

"Men utanför då? Om jag vill bjuda dig på en kaffe? Eller kanske en öl? Vad dricker du?"

Rebecca log, hon slog ner blicken för ett par sekunder.

"Du känns som en person som är väldigt öppen."

"Ja", sa jag. "Det stämmer, jag är en väldigt öppen person."

Rebecca såg på mig.

"Jag menar bara att då kanske du tål att man är öppen och ärlig tillbaka?"

"Du har rätt", sa jag med en röst som darrade lite.

Rebecca såg länge på mig med sina vackra ögon.

"Jag är inte intresserad av något mer än det som sker här inne. Jag vill bara att du ska klara av vardagen, och rehabiliteras till ett aktivt liv igen."

"Okej ..." sa jag och svalde. "Point taken."

I själva verket darrade hela mitt blodomlopp. Tårar trängde fram och jag vände bort mitt ansikte.

"Herregud ... Hur ska jag klara mig, Rebecca?"

Den kvällen blev den värsta som jag upplevt på lasarettet. Det var som om väggarna plötsligt bestod av is. All värme var borta ur världen. Varje husfasad var en ödslighetens vägg som alstrade ensamhet. Ja, det var som om jag plötsligt kände av själva verkligheten, den verklighet som var barskrapad på all förälskelse. Jag kände det som om mitt hjärta hade tagits bort. För första gången kände jag på allvar att jag saknade framtid. Världen var iskall och naken. Den var steril. Det gällde inte enbart sjukhuset utan alla städer på den här planeten. Alla väggar var iskalla, fientliga, och samhället bestod av järnhårda regler som maskerade sig som töjbara.

Rebecca hade släckt lampan. Hon hade släckt mitt ljus, släckt världens ljus.

Jag hade själv tänt ljuset. Förgäves.

Jag var ensam.

På kvällen bad jag personalen om en sömntablett, vilket plikttroget överräcktes till mig i en vit plastmugg. Som patient blir man väldigt tacksam över smärtlindring och all annan typ av lindring. Smärtlindringen blir liktydigt med det gudomliga i tillvaron. Smärtlindringen är det som gör att helvetet inte bränner en lika illa. I alla fall slipper man känna saker, och man kan i vissa stunder till och med intala sig att sjukhuset är en kuliss, en dröm. Drömmarna när man sover är vansinniga och säger hela tiden att man kan springa rakt ut på gatan på två fötter och med en filmkamera i handen.

Fram till den här dagen hade Rebecca varit min främsta smärtlindring. Hon hade tränat min rörlighet, min balans, mina leder. Hon hade hjälpt mig finna tekniken med kryckorna, och det svåra momentet att skifta från rullstol till stående på kryckor var jag fulländad i. Rebecca hade gjort sitt jobb och anpassat mig till samhället, men hon förstod inte – jag förstod det inte heller – att hon fick mitt huvud att befinna sig på en helt annan ort, som en ständig förnekare av verkligheten. På ett fysiskt plan gjorde hon sitt jobb, att återanpassa mig, ge mig funktionen åter, men psykologiskt låste hon fast mig i en vanföreställning. Eller kanske snarare låg det hos mig: *Jag* låste fast mig i orealistiska drömmar genom hennes skönhet.

Rebecca gjorde något som psykologer bara drömmer om att kunna göra. Hon la en våt filt över mitt heta blod. Från och med nu slutade jag se fram emot nästa träningstillfälle. Jag längtade snarare efter att komma hem, vad nu det var. Komma bort härifrån, bort från allt falskt hopp.

Den gamla skrynkliga kuratorn organiserade saker bakom ryggen på mig och snart fick jag ett datum när färdtjänsten skulle ta mig till min pappa.

Vi satt på hennes kontor som var doftlöst.

"Jag har talat med Martin, din pappa. Han väntar på dig. Du kommer bo på nedre våningen i ett eget rum. Ni kommer få en ramp utomhus så att du kan ta dig upp och ner med rullstolen. När protesen kommer ska du besöka ett annat lasarett för vidare träning. Vi kommer ordna med överlämningen."

Jag vände blicken mot fönstret. Himlen där ute var blå.

Silikonhylsan på min stump klämde, det fanns fortfarande en molande smärta kvar i stumpen som kneps ihop för att bli så liten som möjligt. När jag grät gjorde det ont i snittytan där benet tog slut.

Det var i andra halvan av mars månad när jag åkte från Jönköping till Halmstad, en resa som tog drygt två timmar. Taxichauffören, en överviktig arabisk man med tätt skägg med skarpa kanter och solglasögon, var trevlig och tillmötesgående. När vi inte satt tysta pratade vi om det svenska Nato-inträdet som han ogillade tillsammans med nästan allt amerikanskt. När jag startade Bob Dylans Masters of War på bilstereon nickade han dock gillande och tyckte om stilen.

Pappa bodde i Maderna som låg i utkanten av Halmstad, inte långt från ån Nissan. Stora ekar och andra träd ramade in hans gård. Ingen grönska hade kommit än, men snödropparna växte i mitten av rundeln på framsidan av huset. De svarta träden spretade mot himlen där solen försökte blåsa in sitt liv i landskapet. Vinden kom från havet där ingenting var förändrat från den långa vintern. Med iskalla nypor gjorde den sitt bästa för att plåga mänskligheten i detta Sveriges Kalifornien.

Pappa klev ut genom ytterdörren med ett litet leende på läpparna. Han öppnade dörren och lät mig stappla in på kryckorna med stumpen dinglande under mig. Taxichauffören hjälpte till med rullstolen och min plastpåse med tillhörigheter. Pappa ledde in mig vänster i det stora huset. När jag hade kommit in på rummet och blivit lämnad ensam hördes en bil parkera på rundeln framför huset. Först blev jag orolig, men det var tydligen kommunens rehabpersonal som skulle möta upp mig för att se till att allting fanns på plats så att jag kunde återgå till ett normalt liv. Det var en ung man och en äldre kvinna som hade fått mitt ärende, och tillsammans med pappa och mig i min rullstol förflyttade vi oss mellan rummen på nedervåningen. Jag fick testa att flytta mig mellan rullstol och stol, rullstol toalett, rullstol säng. Vid kylskåpet fick pappa tips om att vissa matvaror borde stå längre ner eftersom rullstolen snarare än kryckorna var det som jag oftast skulle använda innan protesen levererades.

Jag tyckte det var skönt att kommunens personal kom så tidigt till huset och normaliserade situationen. Att bli lämnad ensam med pappa och hans samtalsämnen var inget jag längtade efter. Det fanns alldeles för mycket konstigt i luften mellan oss, saker jag inte kunde tolka vad det var. Socialassistenterna var bra på det sättet att vi fick ett fokus på sakliga frågor som inte hade med min person att göra utan endast min anpassning.

Till min stora irritation märkte jag under vår inspektion av huset att pappa hade tömt barskåpet. Inte en flaska stod kvar, inte så mycket som en likör, och det fanns bara en förklaring: glädjedödandet.

De smärtstillande medicinerna fungerade tillfredsställande, men jag saknade ruset. I pappas förråd fanns några böcker om Palmemordet som jag bad honom hämta in. Jag blev uttråkad redan efter tre sidor av Gunnar Walls senaste tegelsten. Fallet var lika dött som kallt, och på något sätt hade avförtrollningen av mordgåtan med mitt ben att göra. Kaninhålet var stängt.

Min viktigaste rutin var att göra höftövningar samt att ge stumpen massage. Jag hade fått en speciell olja för ändamålet. När jag öppnade den lilla flaskan såg jag genast sjukhuset framför mig för min inre syn, rummet där jag hade legat. Jag luktade på oljan som inte luktade någonting, bara lite svalt, och jag mindes Rebecca. Jag fick en ödslig känsla i bröstet, ett stort behov av att prata med någon.

Jag masserade stumpen, gned in den med olja och jag kved när jag tvingades töja och dra omkring det avlånga, mörkröda ärret. Stumpen var vedervärdig att känna på. Den kändes som en elastisk påse fylld av fett, med en benpipa i mitten som vickade för sig själv upp och ner när jag rörde på kroppen.

Jag drog på mig kompressionsstrumpan och lät stumpen ligga på sängens överkast. Den tjocka, vita silikonstrumpan påminde om ett preventivmedel för något större däggdjur som häst eller elefant. Jag drog till mig en informationsmapp som jag hade fått med mig från sjukhuset och läste: *"När du börjar använda silikonliner är det normalt att stumpen producerar mycket svett. Detta avtar i regel inom några veckor när huden har vant sig. För att förhindra att huden torkar ut vid kraftig svettning tvätta stumpen med mild tvättkräm och vid behov smörj in med fet hud-*

kräm. Smörj inte din stump med hudkräm innan du tar på linern eftersom det finns risk för att den glider ner. Använd gärna hudkräm på stumpen kvällstid."

Jag slängde undan mappen i sängen. Jag flyttade min kropp över till rullstolen och rullade bort till fönstret. Vinden rev som ett osynligt svall genom stelnade träd.

Jag vände mig om och tittade omkring i rummet. Tapeterna var gammaldags ljusgröna med små blommotiv och med en bård som var av en mörkare grön färg. Det hängde tavlor på väggarna med bruna eller guldfärgade ramar. En bonad med ett citat hängde över dörren: *"Varen icke förskräckta."*

Pappa hade ringt ett par gånger medan jag låg på sjukhuset och undrat hur det stod till med mig. Mitt ständiga svar på den frågan var att allting var bra, jag befann mig i säkra händer. Jag berättade vissa detaljer för honom om framstegen i rörligheten, men inga detaljer om orsaken, själva olyckan. Jag var övertygad om att han, om han fick chansen, skulle fördöma *mig* snarare än jägaren. Han har en slagsida åt att skuldbelägga mig, det vet jag sedan länge.

På kvällen ringde Jonas och undrade hur det gick för mig hemma hos pappa. Jag blev glad att höra hans röst. Jag sa att jag var omskakad och att allting kändes overkligt. Jag kunde fortfarande inte förstå fullt ut att mitt ena ben saknades, att det var borta. Det gjorde inte saken bättre att varannan dröm handlade om hur jag sprang på stränder, i hagar eller på gatorna i stora städer. Det var som om mitt undermedvetna liv drömde fritt – eller ville plåga mig medvetet.

I Jonas röst hörde jag medlidande.

"Jag förstår att det är en eländig situation du har hamnat i. Men finns det ingenting som gör dig *glad*, Balder? Ingenting som fyller dig med lite *vitalitet*?"

Han betonade ordet "vitalitet", som om det var ett ord alla förstod innebörden av. Jag tänkte att Palmemordet brukade ge mig vitalitet. Även drömmarna om framtiden kunde göra mig rusig. Men inte längre. Jag hade ingen dator. Inget hem. Inte ens en väska hade jag eftersom botten på min gamla var sönderskjuten. Jag hade slängt den på sjukhuset tillsammans med den slocknade datorn.

"Det är svårt det här", suckade jag.

"Är det något du känner att du behöver?" undrade Jonas.

"Ett ben", sa jag på skämt.

"En dator", sa jag sedan.

"Det är tyvärr för dyrt", mumlade Jonas. "Du ska ju ha bra grejer."

"Det behövs inte", sa jag, men förstod att det var kört.

"Hur funkar det med farsan?"

"Bra ... Men det är något med stämningen här."

"Jaha?" sa Jonas.

"Det är som om pappa alltid är missunnsam mot mig."

Under dagen hade jag upptäckt att pappa gjort sig av med sitt trådlösa internet i huset. Min telefon kunde inte ansluta till något nätverk mer än operatörens långsamma. Jag frågade pappa om detta och han sa att det var mitt i fastan och att han försökte ägna så lite tid som möjligt åt internet. "Du kan väl slå igång det för min skull?" försökte jag. Då sa han att han hade gjort sig av med hela paketet, hela abonnemanget. Jag fick sitta där som ett fån i rullstolen med stumpen.

"Ja, du får anpassa dig", sa Jonas. "Finns inget annat att göra. Det finns väl böcker som du kan läsa?"

Jag svarade inte på Jonas fråga. Jag läste inte den typen av böcker som fanns hemma hos pappa. Jag andades in djupt så att det lät som en suck när jag andades ut.

"Och protesen, när får du den?"

"Den kommer lagom till våren."

Jonas suckade tungt och medlidsamt.

"Jag antar att du får vara tacksam att du är vid liv."

"Tack", muttrade jag.

Pappa lagade maten, det var linsgrytor, köttfärssås och spaghetti, lasagne, koldolmar och annat som snurrade på en meny utan insyn. På morgonen var havregrynsgröt det enda som gällde. Jag åt upp det sista innehållet i ett cornflakes-paket som stod i skafferiet innan jag så småningom efter ett par dagar också övergick till den tapetklisteraktiga gröten.

När pappa åt böjde han allvarsamt sitt grå huvud fram över skålen, bad en tyst bordsbön för sig själv och gjorde korstecken över sitt bröst. Han grep skeden och åt sked för sked på ett sätt som såg målmedvetet ut, andaktsfullt. Han tuggade på havregrynsgröten som om den var något man kunde njuta av. Han saltade ett ägg och åt det på samma sätt, i tystnad.

Vi hade inte mycket att prata om under måltiderna. Jag tog min skål med gröt, skvätte på lite jordgubbssylt och rullade bort till dörren mot baksidan av huset som täcktes av små fönsterpaneler och där jag sittande i min rullstol kunde betrakta den halländska tomheten.

"Hur går det med polisens arbete?" frågade pappa vid en av våra tysta måltider.

"Jag vet inte", sa jag. "Jag antar att han som sköt blir straffad."

"Ja", instämde pappa. "Men för vad?"

"Det har jag ingen aning om", sa jag.

Pappa fortsatte: "Det är ju hårt reglerat det där. Hur man får använda sina vapen i det här landet. Han måste ha agerat väldigt oaktsamt?"

"Ja, jag vet faktiskt inte", sa jag samtidigt som jag sökte i minnet efter information som polisen kanske hade lämnat.

Pappa ville veta detaljer om den där kvällen, men jag sa att jag inte mindes så mycket eftersom traumat efteråt och den

121

tunga medicineringen slagit ut minnesfunktionen. Jag mindes tre skott och en fruktansvärd smärta i benet. Pappa lät sig nöjas, jag kände att jag hade kommit lindrigt undan hans frågor. Jag hade inte reflekterat mycket över den rent polisiära saken. Jag hade blivit förhörd ett par dagar efter händelsen. Poliserna berättade vid det tillfället att de hade funnit blodspår från vägen där gården började och tiotals meter vidare på landsvägen. De knackade dörr i området och undrade om skotten hade kommit från nära håll, från en bil? I ren självbevarelsedrift påstod jag att jag inte visste, men att det hade dånat ordentligt.

Vardagarna i pappas hus beskrivs bäst som händelsefattiga. Det kändes som att bo på ett vårdboende justerat efter en gammal mans tempo, där inga aktiviteter fanns som var anpassade efter min ålder. Pappa tände nästan aldrig några lampor i sitt stora hus. Såg man huset utifrån var det inte lätt att upptäcka att någon bodde där. Berodde det på dålig ekonomi? Höga elpriser? En polare skulle komma med ett flak öl, han skrev att huset såg helt öde ut – hade jag verkligen gett honom rätt adress? Jag tog mig genast ut ur huset på mina kryckor och märkte till min förskräckelse att pappa redan stod vid grinden och talade med min kompis. Bilen körde därifrån innan jag var framme, jag hann inte ens ställa den dumma frågan om vem det var.

"Inte en ölburk kommer in i mitt hem."

Rösten var oväntat skarp.

"Varför inte då?" frågade jag.

"Därför att det är *mitt* hem. Och jag sätter reglerna."

Pappa höll upp ytterdörren så att jag kunde stappla in.

"Om du inte respekterar reglerna i mitt hus så får du hitta en egen bostad."

Även om han kanske hade rätt i sak så blev jag så vansinnig att jag kunde ha smällt till honom i bakhuvudet med min ena krycka.

"Men varför?" utbrast jag. "Vad vinner du på det?"

"Jag behöver inte förklara. Ingenting behöver jag förklara."

"Varför är du irriterad?" frågade jag.

Pappa såg på mig med genomträngande blick, det såg ut som om han tänkte ge mig en utskällning. Men ingen kom.

"Kan jag inte bara få leva mitt eget liv?" ropade jag när pappa försvann mot sitt arbetsrum.

"Du lever inte ditt eget liv!" svarade pappa.

Jag kunde inte förstå min plötsliga ilska och hade heller inget behov av att förstå. Våra olikheter var grundmurade sedan tidernas morgon. Borde jag be om förlåtelse för mitt beteende? Borde jag be om ursäkt? Jag hade aldrig bett någon om ursäkt för mitt drickande tidigare, varken Fabian, Jonas, Jörgen, Anna eller någon annan. Skamsenhet, det var en känsla som var välkänd för mig, men ordet "förlåt" var under min värdighet. Inte för att jag hade mycket av värdighet, enligt vad många skulle anse låg i det ordet, men att be om förlåtelse för att man *dricker* är som att be om förlåtelse för sin egen existens.

Jag hade ingen utkristalliserad värdighet och ändå var det under min värdighet att be min pappa om ursäkt.

Inne på rummet var det tyst så när som på elementets sus. Jag hade ingen lust att läsa, ingen lust att lyssna på musik. Det fanns ingen festlighet i livet, ingen aspekt av livet som livade upp mig eller kunde livas upp. Min pappas agenda var att världen skulle bli allt mera naken för mig, avklädd alla smycken och allt pynt, alla sneakers och kepsar, och skjortor med mönster skulle ersättas av en slätstruken grå och intetsägande fond av ylle – det var så jag föreställde mig det hela.

Jag låg och stirrade i taket. Det här var som en tortyrkammare för psyket. Varför ville pappa inte unna mig glädje? Varför hade han dragit ur sladden till mina glädjeämnen?

Frustrationen ledde mig allt oftare ner i rullstolen och ut på de stora golvytorna. En ramp hade installerats utanför ytterdörren så att jag kunde rulla ut på rundeln utanför huset. Men blåsten var iskall, vindarna nöp mig överallt och särskilt illa rev de fettpåsen som hade behövt sin egen yllemössa.

Jag använde fortfarande min telefon för att försöka träffa en tjej, och nu var jag mindre kräsen. Jag visade intresse för nästan allt kvinnligt på två ben. Ibland blev mitt bröst tungt som om någon hade lagt stora sandsäckar över det. Jag insåg att det jag gjorde var lönlöst – om nu *insikt* är rätt ord.

Jag stannade ofrivilligt upp inför allt för stora frågor. Varför hade just *jag* drabbats av det meningslösa våldet? Varför var livet så orättvist? Varför var jag född in i ett decennium där journalisterna inte gjorde sitt jobb? Varför var det en otänkbar grej att ta ett järn under arbetstid – samtidigt som journalisterna svek uppdraget att granska makten? Varför var alla journalister så pryda sinsemellan och samtidigt undfallande gentemot makten? Kunde det möjligen bero på att de var rädda för att drabbas av ett öde som liknade mitt eget?

Mina frågor var stora men lönlösa. Jag gapade åt taket, jag skrattade åt mig själv utan att känna minsta glädje eller ens förakt. Jag grät ibland, och då skar det som knivar i stumpen.

Mina frågor svällde och blev stora. Fanns det något som livet hade försökt lära mig de senaste åren? Fanns det en mening med min olycka?

Nej och ja. Livet lärde mig att det ständigt var ute efter att krossa mina drömmar, frustrera mig, förskjuta mig ut i spenaten. Jag fanns till som en spottkopp. Som en varning för alla människor att sluta drömma om en viss sorts frihet. Livet lärde mig att inte ha några orealistiska förväntningar på harmoni. Som bröd utan smör hade livet blivit. Det lät som en överdrift, och också *det* fick jag leva med som ett tryck över bröstet – att allt jag tänkte och tyckte hade blivit till överdrifter. En gest, för människan måste ju trots allt tro på något ...

Var det inte så? Om man inte tror på sitt eget liv finns det ingen annan som kommer göra det i ens ställe.

Men det kanske inte var tanken heller.

Det var torsdag när polisen kom på besök för ett nytt förhör. De berättade att de hade genomfört dörrknackningar i området där brottet begicks och teknikerna hade varit uppe på balkongen i det närmsta huset. För polisen stod det klart vad som hade skett och vem den misstänkte gärningsmannen var.

Misstanken rörde mordförsök. Jag blev förvånad när jag hörde brottsrubriceringen, men så hade jag heller inte reflekterat mycket över att det pågick en brottsundersökning med mig som målsägande. Jag var bara glad så länge jag slapp svara på ingående frågor som rörde mitt liv.

Mordförsök lät allvarligt – nästan överdrivet allvarligt.

Poliserna satt på varsin stol i köket. Själv satt jag i min rullstol vid dörren till baksidan och tittade mot de nakna träden som stod lika stilla som i ett fotografi.

"Hur kom det sig att du hade glassplitter i huvudet?" undrade polismannen.

"Jag hade min ryggsäck på mig. Och där hade jag sprit."

"Var kom spriten ifrån?"

"Jag hade den med mig."

"Varifrån?"

"Från Jonas hus."

Polisernas blickar var vassa och granskande.

"Varför hade du flaskorna med dig ut?"

En kort tvekan från min sida.

"För att jag ibland gillar att dricka när jag promenerar."

"Hur många flaskor var det?"

"Två."

"Var hade du varit innan skotten föll?"

Jag tittade på poliserna.

"Jag kom från landsvägen. Genom skogen."

"Hade du besökt någon?"

"Nej."

"Säkert?"

Jag nickade.

"Avvek du från vägen? Var du ute på någons mark?"

Jag satt tyst en stund utan att säga något.

"Är du osäker?"

Jag nickade en gång, tänkte att polisen möjligen hade hittat glasskärvorna, men ingenting tydde på att de skulle ha gjort kopplingen att jag varit ute på den gamle mannens ägor. Min väska hade jag slängt på sjukhuset liksom min trasiga dator, bevismaterial som polisen antagligen hade behövt.

"Hur många skott sköts mot dig, Balder?"

"Tre ..."

"Vad gjorde du när första skottet avlossades?"

Jag ryckte på axlarna åt frågan.

"Var befann du dig?"

"Jag vet inte. Jag stod nog stilla på vägen."

Den manliga polisen antecknade mitt svar.

"Känner du mannen som bor i huset?"

"Känner? Nej." Jag skakade på huvudet. "Jag vet inte vem som bor där."

"Men du befann dig alltså inte ute på hans ägor?"

Jag skakade på huvudet.

"Har du varit inne i huset hos honom någon gång?"

"Nej", sa jag och skakade på huvudet. "Påstår han det?"

"Det är vi som ställer frågorna", sa polisen. "Du har alltså aldrig varit inne i hans hus?"

I pappas brevlåda damp det ner ett brev med tid hos en psykolog vars namn var Claudia Boman. Pappa skjutsade mig in till lasarettet och hjälpte mig hitta till rätt våning och avdelning. Pappas engagemang gjorde mig lite rörd, och jag funderade på om han skulle hjälpa mig oavsett hur körd i botten jag blev. Fanns det gränser även på det området?

När jag anmälde mig i receptionen och satte mig att vänta i min rullstol andades jag in sjukhuslukten med näsan och blev ledsen över de inre bilder som doften framkallade. Rebecca ingick i den inre bilden och hon log mot mig vänligt.

Träffen med psykologen Claudia Boman gick någorlunda bra. Ingenting nämnvärt skedde egentligen. Vi gick igenom några ramar och regler för våra möten och pratade övergripande om mitt liv. "Var det meningsfullt?" undrade pappa när han hämtade mig efteråt.

"Jag vet inte", svarade jag tonlöst.

"Upplevde du att ni fick bra kontakt?"

"Sådär."

Vad jag hade märkt hos psykologen var en stum, tolerant vägg som lyssnade och ställde nyfikna frågor om mitt liv. I vissa stunder lät psykologen nästan fascinerad och hennes grumliga ögon lyste som om hon talade med en mäktig man. Ju mer jag pratade om mitt liv desto mer nyfiken blev jag på vad hon hade att säga – hon den ständigt lyssnande.

Men Claudia hade inte mycket att säga, hon sa bara att mitt liv verkade dramatiskt. Det tyckte jag var lite kul sagt. Min uppfattning är nämligen att mitt liv saknar dramatik.

Under samtalet väntade Claudia ständigt på mer av mina ord. Det blev ofta tyst och olustigt innan hon ställde en fråga. Det var som om hon alltid väntade på ytterligare en mening, och ytterligare en, som om det i mig fanns hur mycket som helst av ändlösa ord.

"Hur känner du kring allt som har hänt dig efter incidenten?"

"Ja, hur ska man känna?" svarade jag.

Claudia väntade. Det bildades slem i halsen på mig och tårarna sprängde för att tränga sig fram i tårkanalerna.

Plötsligt var tiden slut och Claudia bad mig hålla kvar den här viktiga frågan tills nästa gång vi sågs. Jag hade svårt att resa mig från fåtöljen eftersom jag nyss hade gråtit. Det värkte i min stump. Claudia märkte mina bekymmer och jag fick tillåtelse att sitta kvar en stund, och då kläckte jag ytterligare några frågor som tydligen var viktiga.

Claudia lutade sig tillbaka i fåtöljen igen.

När räknades det som att man hade accepterat verkligheten? Var det när hoppet slutgiltigt hade försvunnit? Jag sa även att jag var van att kunna snacka mig fram i tillvaron, men ju mer jag förstod om stumpen desto mer insåg jag att det inte ingick i dess natur att lyssna på mina ord. Stumpen var en dövhet och en plåga – den påminde lite om Gud.

Jag hamnade nere i lasarettets källare efter att ha tryckt på fel knapp i hissen. Till slut fann jag vägen till pappas bil ute på den stora parkeringen. Jag unnade mig en snus och blundade där jag satt i passagerarsätet. Jag hade fantomkänslor i benet på grund av psykologen – och även smärtor i mitt gamla psyke. När jag såg staden rusa förbi fönstret fick jag lust att röra mig fritt på två fullvärdiga ben av kött och blod. Jag hade hamnat i något som påminde mig om ett fängelse och det var dit pappa skjutsade mig.

"Då kändes det i alla fall lite meningsfullt?" undrade pappa.

"Ja. Vi får se om det leder till något", sa jag.

Sedan sa pappa en märklig sak.

"Du har fått med dig många svar från din uppväxt också."

Men jag brydde mig inte om att fråga närmare vad han menade. Det behövdes inte heller, för han fortsatte självmant.

"Att leva i sanningen är det första steget mot att bli frisk."

"Sanningen ..." mumlade jag, samtidigt som jag vände blicken mot backspegeln där det såg ut som om vägen drogs ut ur bilens bakdel.

"Även om man vet sanningen, vad ska man göra med den?"

Pappa svarade inte på min fråga.

"Man måste väl ändå tro på sitt liv?" sa jag. "Man måste väl tro på sin egen sanning?"

"Hur länge måste man det?" frågade pappa.

"Det vet väl inte jag", sa jag. "Hela livet, antar jag."

Pappa svängde in på landsvägen, stenarna började sprätta under bilen vilket jag välkomnade.

"Jag kan förstå behovet av att fly verkligheten", sa pappa och gjorde sedan ett tvärt stopp i talet, som om han ville ta tillbaka orden som han nyss sagt.

Men han fortsatte: "Tro mig när jag säger det. Jag kan förstå varför livet gör ont. Och att man känner behovet av att fly. Det är inget konstigt i det ..."

Pappa tystnade och fokuserade på landsvägen framför sig som krängde åt det ena hållet för att sedan dyka ner i en backe. Träden slöt sig kring oss liksom slyet och buskarna vid sidan av vägen. Han bromsade in för en tjäder som springande korsade vägen och försvann in i slyet som ledde ner mot ån.

Vi svängde in på rundeln utanför det stora huset och pappa stannade bilen. Innan vi lämnade bilen var det tydligen något som han behövde säga.

"Vi uppskattar sällan livet för dess enkla beståndsdelar", fortsatte pappa med en hemsk, trevande stämma. "Vi förväntar oss det storslagna. Men livet finner man antingen i det lilla ... Eller så finner man inget liv."

Pappa såg inte på mig. Han stirrade rakt fram mot det stora gula trähuset med de mörka fönstren.

Varför trodde pappa att jag kände för att snacka livsfilosofi med honom? Varför tog han sig rätten att undervisa mig om livet? Han körde på utan att fråga om jag var intresserad.

"Jag förväntar mig bara att få leva ett bra liv", sa jag. "Jag utbildade mig. För det var vad alla sa."

"Ja. Men nu har det hänt lite grejer i ditt liv", sa pappa. "Den där framåtrörelsen har kommit av sig ... Eller hur tänker du?"

Jag öppnade dörren, förde ut kryckorna och hoppade ut ur bilen. Jag hade inte lust att kommentera saken.

"Detta glädjelösa ställe!" tänkte jag när jag satte mig på den obäddade sängen och placerade stumpen framför mig på det rena lakanet. Jag hulkade och kände knivarna skära där benet brukade sitta.

Varför? Varför? Varför var livet inte en rak väg?

Jag fick tag i täcket och knöt händerna hårt kring tyget. Det jag mest av allt beklagade var hur onödigt alltsammans var. Onödigt! Det var precis det rätta ordet för mitt meningslösa öde. Istället för att vara en maktgranskare i Stockholm hade jag tryckts ut i periferin där jag höll på att slockna som människa.

Här rådde dvala, och jag kände tydligt och klart att mitt liv ingenting betydde eftersom jag ingenting kunde uträtta.

Men det fanns värre känslor. Jag påminde mig om det där jag satt och stirrade mot fönstret med täcket i min knutna hand. Det jag hade upplevt på sjukhuset när Rebecca slog igen dörren i ansiktet på mig var en värre hemskhet. Hon hade inte pressat ut mig i spenaten – hon hade släckt ner hela tillvaron.

Rebecca hade med en enda mening fått den omgivande världen av husfasader att kännas kall, skräckinjagande.

Visst hade jag känt mig ratad förut i livet, men Rebeccas definitiva nej rakt i ansiktet på mig var någonting särskilt. Hon hade avlossat sanningen med ärlighet och omtanke – med omsorg hade hon släckt mina förhoppningar, som om det vore det *goda*.

Turligt nog var världens skräckinjagande kyla en känsla som väldigt sällan gjorde sig påmind. Jag flyttade blicken ner till stumpen som låg dold i mina uppvikta jeans. Jag tänkte återigen tanken att aldrig igen skulle där finnas ett ben. Aldrig ett ben av levande kött – aldrig, aldrig igen. Mina rörelser skulle för alltid vara konstgjorda. Vingligare än alla andras.

Mina nattliga drömmar var tecken på att jag fortfarande mentalt befann mig med två ben på gatorna i Stockholm.

Om jag ändå bara hade varit dödsdömd! Då hade jag kunnat förlika mig med den här tillvaron. Men eftersom jag var ung, eftersom det fanns hopp, kunde jag inte förlika mig med någonting. Och eftersom jag inte kunde förlika mig med någonting var jag dömd till evigt lidande.

Evigt, så länge som jag vägrade. Jag levde i en eld lika evig som åldrandet som pappa redan var överlägsen på.

Jag ringde till Jonas. Han svarade inte. Rummet blev genast ödsligt, och det var stumt som om jag var på väg att sväljas ner i något mörkt och fasansfullt. Hela min kropp spändes, jag fick ont i stumpen som om någon krafsade på mig med ett vasst instrument, och det blåste kallt utanför fönstret som när som helst kunde spricka.

Jonas ringde tillbaka och bröt tillståndet som jag numera kände igen så väl utan att ha ett namn på det. Och det var också det första jag tog upp med Jonas när han ringde.

"Ja, vad det kallas vet jag inte. Men jag förstår mycket väl känslan som du beskriver."

Jonas röst var full av omtanke, vilket kom mig att tänka att det hemska som jag upplevde var övergivenhet, som när djuret stöts ut ur flocken – dess dödsdom. Men det skulle ju i så fall betyda att jag hade en flock. Det hade jag inte. Det enda jag hade var människor som på något sätt uppskattade mig. Människor som ville mig väl, som önskade mig framgång i den ogästvänliga, bortstötande världen. Människor som tyckte att spenaten var någonting bortkastat på mig.

"Mår du bra annars då?" frågade Jonas.

"Jag mår som jag mår", sa jag.

"Får du rutin på dagarna?"

"Vad ska jag säga? Dagarna går helt enkelt."

"Skriver du på din självbiografi?"

Jag fnös.

"Nej. Hur skulle jag kunna göra det? Jag har inget liv längre."

Jonas harklade sig besvärat i andra änden.

"Allt känns borta, Jonas. Det är meningslöst. Jag känner noll inspiration över mitt liv längre."

Jag berättade sedan för Jonas om en dröm jag hade haft, att jag sprang med fladdrande rock upp för trapporna mot Brunkebergsåsen i Stockholm. Mina ben var som fjädrar i drömmen, jag flög upp för trapporna, seglade vidare på David Bagares gata buren av vindarna. Det var en plågsam dröm när den upphörde.

"Du kommer överleva", sa Jonas.

"Ingenting är roligt längre", sa jag.

"Nej. Men du kommer överleva. Du kommer hitta nya mål."

Jag ville protestera mot Jonas ord, men det var en impuls som genast dog.

"Livet är vackert", sa Jonas.

Jag satt tyst och stirrade ut genom fönstret.

Vad hade en människa som jag att vinna på att stå på sig?

Står man på sig ska man ha hopp om en kommande vinst. Jag var ung, och hoppet var en planta som växte naturligt inuti mitt psyke, ett hopp som inte gick att dra bort. Jag var inte stark nog, mitt grepp lossnade varje gång jag försökte dra bort hoppet. För vad dög hoppet till om det var falskt? Och om det fanns ett verkligt hopp i mitt liv, vad var då det?

Det var dessa frågor som jag tog med mig till psykologen nästa gång vi sågs. Det luktade eukalyptus i det ljusfattiga rummet och någon exotisk, stark krydda. Två koppar i keramik stod på skrivbordet, en benvit och en ljusgrön. På väggen bredvid en anslagstavla hängde tre fotografier av tre blonda barn i småskoleåldern. Min psykolog, Claudia, var av allt att döma själv inramad av mening. Horisonten längst ner på hennes himmel var inte fylld av död och undergång utan av stadiga livsmål.

"Är det okej om jag lägger in en snus?" frågade jag.

"Det väljer du själv", sa Claudia och nickade vänligt.

Då valde jag att lägga in en snus. Jag puttade in den med tungspetsen till rätt läge under läppen. Doften av exotiska kryddor försvann för ett ögonblick. Tystnad infann sig.

"Vad ska vi prata om?" frågade jag.

"Du kan välja att prata om vad som helst."

"Kan det handla om min vardag?"

"Det kan det absolut göra", sa Claudia.

Jag tog fram telefonen och läste upp nyheterna som hade mött mig på morgonen när jag gjorde mitt nyhetssvep. Första bilden föreställde ett barn som duttade på sitt ansikte med en bomullsrondell. "Apotekskedja inför åldersgräns på hudvård", stod det. "Flera medier har rapporterat om en ökande användning av hudvård bland barn." Nästa bild föreställde ett gäng hackare som satt vid datorskärmar. "Hackare avslöjade nätverk – misstänks ha lurat äldre", stod det. "Bankbedrägerier. Misstänks ha lurat mer än 1200 personer, främst äldre, rapporterar SVT:s Uppdrag granskning." Nästa bild föreställde en äldre dam som satt med ytterkläder på sig i sin soffa någonstans i en lägenhet i Stockholm. "Irene, 70, har inte haft värme i lägenheten på flera veckor. Orsaken är en konflikt mellan bostadsrättsföreningen och en hyresgäst."

Jag tittade upp på Claudia och fortsatte strax att läsa.

"Polisen om filmade våldet på internet: Ser inget slut."
"Gängvåldet på sociala medier kan locka in fler barn och unga i gängkriminalitet." Nästa bild föreställde en kvinna som hängde kläder i en flyktingförläggning i Rafah. "Unicef: 'Dödstalen i Rafah riskerar att stiga snabbt." Det handlade om hungersnöden i Gaza. "Redan nu ser vi att barn dör av undernäring." Nästa nyhet handlade om våldet i samhället. "Allt fler ordningsvakter lämnar yrket – hot och våld ökar". "'Lyckas vi inte rekrytera så kan vi inte avlasta polisen."' Nästa nyhet var från Malmö och handlade om att barnfamiljer inte kunde äta sig mätta, "4 av 10 ensamstående tvingas låna till mat", stod det.

Jag berättade för Claudia om annat som jag hade läst i morse, Ryssland som gjorde framsteg på frontlinjen i Ukraina, och två män i Tyskland som var gripna misstänkta för terrorplaner mot riksdagen. Jag berättade för Claudia att jag hade läst några fuppar om dödsskjutningar i Linköping, Sandviken, Göteborg, Fittja, Kristianstad. Det mesta var gängrelaterat – en fullständig epidemi av skjutningar hade drabbat samhället bara de senaste åren. Jag tystnade, och tittade noggrant på min psykolog.

Claudia lutade sig då oväntat framåt i fåtöljen så att det knastrade från dynan. Hon såg rakt på mig.

"Men det där handlar väl inte om ditt liv, Balder?"

Hon anlade ett menande leende på läpparna.

"Nej ..." erkände jag.

Claudia lutade sig tillbaka i fåtöljen.

"Så, på vilket sätt påverkas du av det som du läste upp?"

Jag blev osäker på vad jag skulle svara. Claudia verkade mena att jag, om jag tänkte närmare på det, inte hade så många bekymmer. Jag frågade henne om det var det hon menade.

"Det kanske är ett bekymmer i sig?" sa Claudia.

Jag noterade att hon inte hade svarat på min fråga.

"Menar du att mitt liv saknar mening?" frågade jag.

Claudia iakttog mig länge utan att säga något. Jag var nästan helt säker på att hon inte skulle säga något, men så öppnade hon munnen och sa:

"Du räknar upp saker som inte berör dig. På riktigt."

"Hur vet du det?"

Claudia fortsatte titta på mig med en hemsk blick – fast den egentligen på det yttre planet såg vänlig ut. Det var som om hon menade något som hon inte uttalade, men som jag förväntades förstå ändå.

"Kommer du ihåg vad vi pratade om förra gången?"

Jag ansträngde mig för att minnas.

"Nej. Jag minns inte."

"Jag frågade dig hur du känner kring allt som har hänt dig. Och du ställde frågan hur man *ska* känna sig ..."

Jag nickade bekräftande.

"Vet du, Balder, att det finns inte någonting sådant som hur man *ska* känna det. Känslor är det som känns. Känslor är verklighet. Och det är det jag efterfrågar hos dig."

Jag satt tyst.

"Tycker du känslor är viktiga?" frågade Claudia.

Jag nickade jakande till frågan och såg på henne.

"Ja. Känslor är viktiga. Och jag gillar positiva känslor."

Claudia gick vidare i samtalet.

"Hur känner du kring allt det som har drabbat dig?"

"Jag känner bara att det är onödigt."

Claudia nickade sakta, vilket jag tog som en uppmaning att fortsätta prata.

"Det borde inte ha hänt ... det borde inte ha hänt *mig*. Inte för att det borde ha hänt någon annan heller, men ... ja, det känns onödigt, liksom ... *totalt* onödigt."

"Hur hanterar du den här känslan, av det *onödiga*?"

"Jag försöker att inte tänka på den. Det blir ju inte bättre."

"Vad betyder det för dig, Balder? Det onödiga?"

Jag lät blicken vila på stumpen under det uppvikta jeanstyget samtidigt som jag sökte efter ett svar.

"Det betyder att det var ... inte så nödvändigt. Det betyder att det var överflödigt."

Claudia nickade eftertänksamt.

"Och då, vad händer då? När du känner det så?"

"När jag känner så måste jag fly."

"Hur då?" frågade Claudia.

"Ut ... ta en promenad, se på nyheter, jobba."

Jag kom på ytterligare en sak.

"Jag har försökt träffa kvinnor också."

Jag skrattade till. Claudia såg stillsamt på mig.

"Det är kört", fortsatte jag. "Det var svårt redan innan det här hände och det kommer inte bli lättare."

När jag nu ändå var inne på det berättade jag för Claudia om Rebecca. Jag berättade sedan om Irina. Ju mer jag pratade desto svårare fick jag att hålla rösten under kontroll. Till slut bölade jag rakt ner i mina handflator som blev kladdiga av tårar och snor.

När jag tittade upp viftade Claudia med en pappersnäsduk, som vit flagg å mina vägnar. Jag tog pappret och snöt mig. Jag behövde mer och hon gav mig hela förpackningen. Snart hade jag i min hand en hel knytnäve av vita flaggor, en bukett veder- värdiga, intorkade kroppsvätskor.

"Det väckte känslor det här ämnet", konstaterade Claudia.

Jag svarade inte, bara tänkte att Claudia kanske var en ond människa under sin fasad. Kanske njöt hon av att se unga män gråta? Kanske pratade jag med en sadist?

Claudia gick vidare i samtalet.

"Vi pratade också om hopp förra gången. Du frågade när det räknades som att man har accepterat verkligheten. Om det var när allt hopp hade försvunnit. Minns du?"

Jag nickade med en känsla av att nästa ord kunde förinta mig eller kasta mig baklänges ner för ett stup.

"Känner du hopp, Balder?"

Jag ryckte på axlarna och vände bort ansiktet mot fönstret där jag fäste blicken i ett moln som hade fastnat på himlen. Jag tyckte för en sekund att molnet påminde om en gummibjörn.

"När du ställer frågan ... så ja, tyvärr känner jag nog ett hopp."

"Hopp om vadå?"

"Att livet ska kunna återgå. Att jag ska kunna leva som förut."

Claudia väntade på mer, och då berättade jag för henne om mina stora planer på att kunna livnära mig på min kanal, skriva, slippa arbeta på ett lager eller liknande.

"Hur känner du kring de sakerna?"

Claudias fråga ställdes ovanligt tonlöst. Jag fick en instinktiv känsla av att hon ifrågasatte mig, kanske rent av kände förakt.

"Andra människor får söka sin lycka hur de vill, men jag skulle aldrig kunna bli lycklig av ett åtta till fyra-jobb. Det är inget för mig helt enkelt. Jag har ingen förmåga."

"Har du testat?"

Jag berättade för Claudia om när jag arbetade som undertextare.

"Om något är tråkigt kan jag inte leverera i längden."

Claudia släppte ämnet.

"*Känner* du hopp? Eller *behöver* du hopp?"

Jag såg ner på stumpen, sedan på molnet där ute.

"Man kan inte ha hopp utan att verkligen tro på att man kommer att få det man hoppas", sa jag samtidigt som jag såg på Claudia med vattniga ögon. "Men *vet* man sitt hopp, och tror på det, så kan man faktiskt vara blind för allting annat. Alla andra omständigheter som pekar i en annan riktning. Blind och lycklig kan man vara, om du förstår vad jag menar?"

Claudia sa ingenting utan mötte min blick med ett varmt leende som inte längre bar på förakt.

Blicken sneglade sedan mot klockan i bokhyllan.

"Du är en klok och charmerande ung man", sa Claudia. "Jag bara undrar hur du har kunnat hamna i en sådan återvändsgränd i livet."

"Jag vet. Det förstår inte ni i er generation."

Claudia bad mig utveckla saken. Jag sa att jag helst avstod. Jag kände att det var onödigt att äventyra vår goda allians, ett ord som hon hade använt vid vårt första möte.

"Sa jag någonting mer bra förra gången?"

Claudia log åt min fråga och slog ner blicken.

"Du sa att stumpen påminde dig om Gud."

"Det minns jag inte. Sa jag verkligen så?"

Claudia nickade. Jag sökte i minnet utan att kunna påminna mig vad jag hade menat med den saken. Claudia tittade återkommande gånger på sin lilla klocka som hon hade gömt i bokhyllan. Hon sa att hon ville avsluta med en avslappningsövning.

"Varför då?"

"Känner du till medveten närvaro?"

"Är det vad det låter som?"

Claudia log.

"Ja. Det är vad det låter som."

Hennes röst blev intim och lite högtidlig.

"Alla livets hemligheter ligger gömda i att vara medvetet närvarande. Alla livets problem härstammar från problem med att vara medvetet närvarande i nuet."

Hon drog in luft genom näsan. Hennes bröst hävde sig under tröjan. Jag kände mig irriterad. Men det skulle jag inte vara. Det var fel inställning.

Efter sessionen gled jag ut på mina välpumpade hjul som rullade ljudlöst i korridoren. I hissens spegel undvek jag mitt eget svullna ansikte. Jag kände mig sugen på en öl och även på annat som kunde ge färg åt tillvaron. Jag tyckte inte om att stå utanför det stora sjukhuset och vänta på pappa, trots att solen blänkte överallt från varje biltak. När som helst kunde det hända att jag stötte ihop med någon som jag inte ville träffa, eller någon vars frågor jag inte orkade besvara. Jag hade inte ens sett några rykten på internet om mitt nya tillstånd, vilket jag fann lite otippat.

"Vad betyder ordet hopp?" frågade jag pappa när vi satt i bilen. Det var tyst ända tills pappa körde ut från de mest trafikerade områdena.

"Att hoppas på saker i största allmänhet och att äga hopp är inte samma sak", förklarade pappa.

Han verkade tycka min fråga var svår, för han dröjde mellan sina meningar.

"Det är på samma sätt som med lycka. Lycka är inte samma sak som glädjen, den eviga glädjen. Söka lyckan kan man göra, men utan den eviga glädjen har man inget hopp."

Pappa såg på mig hastigt.

"Varför undrar du vad hopp är?"

"Jag bara undrade. För vi pratade om det idag ... Hopp."

"Ja. Hoppet är centralt för våra liv", sa pappa. "Hur ska man kunna lägga sitt liv på någonting om man inte hoppas få det bättre? Hur ska man finna mödan värd?"

"Nej, precis", mumlade jag.

Pappa berättade att Gud, innan Han gav Abraham livets fullhet, sa till honom att lämna sitt land, släkt och hem. Löftet om det bättre landet byggde på att Abraham gjorde sitt liv till en pilgrimsvandring – till en ny start. Allt sant hopp måste bygga på trovärdiga löften.

"Gud älskar sin mänsklighet", förklarade pappa. "Gud kan helt enkelt inte göra någonting annat. Gud är ett överflöd av kärlek och det ger hopp så det räcker tycker jag."

Jag kunde se att pappa log för sig själv, samtidigt som han tog på sig sina solglasögon och tryckte fast dem mot näsroten.

Jag tittade ut på det nakna landskapet som badade i det starka solskenet. Träden såg torra och hårda ut som svarta skal, marken saknade grönska. Alltsammans var som en skiss till någonting bättre, vackrare. Likaså pappas hus, det var inte anpassat efter mina drömmar och förhoppningar, det var anpassat till någon som snart måste dö – dö i ljuset.

Den milda temperaturen var borta och fastän solen sken från en blå himmel var vindarna iskalla. Så snart jag stack ut näsan genom dörren påmindes jag om att det bekvämaste var att stanna inne. Jag letade på internet efter begagnade datorer, jag behövde komma igång med mitt arbete. Telefonen dög för att läsa korta texter på, men för att verkligen *arbeta* behövdes en ordentlig dator.

Pappa stekte svamp på spisen så att dofterna spreds i hela huset. När vi åt lunch var jag ovanligt frågvis, det kändes ibland svårt att ställa frågor utan att det la sig en underton av anklagelse i min röst.

"Varför har du ingen teve här hemma?"

Pappas röst lät odramatisk när han svarade.

"Därför att jag inte tycker det som visas där angår mig."

"Men du har en dator …"

"Jag måste ha något att skriva brev och predikningar på."

"Hur kan du säga att det inte angår dig?"

Jag tyckte nämligen att pappa lät precis som Claudia.

"Det är klart det angår mig", sa pappa. "Men om man redan känner till de grova dragen i den här världen så behöver man inte påminna sig varje dag. Det är det jag menar, att de ständiga påminnelserna om ondskan inte angår mig."

"Så vem angår det då?"

"Jag vet inte", sa pappa. "Kanske människor som är lite tjock-skalliga."

Jag tänkte att pappa och jag var så olika som två människor bara kunde bli. Själv fann jag mitt livsinnehåll i det som pappa benämnde som de grova dragen, det han menade var ondskan. Min roll var att bevaka ondskan. Min roll var att upplysa mina följare om samhällets kriminalitet. Men vad gjorde pappa? Han bara stängde av.

Dagarna i pappas hus gick och tristessen blev stundtals svår att uthärda. Jag bestämde mig för att lägga ut en film på min kanal där jag berättade om vad som hade hänt med mig. Följarna för-tjänade att få en förklaring till min tystnad. Jag satte mig tillrätta i sängen och filmade mitt ansikte samtidigt som jag berättade om den hemska kvällen och om mannen som skjutit tre skott mot mig. Jag hoppade över många detaljer i skeendet, och speg-lade händelsen som att mannen hade varit antingen förvirrad el-ler skrämd av stöldligor på landsbygden. Jag filmade mig själv sittande i rullstolen vid fönstret, och jag filmade stumpen, fastän det bar mig emot, och sedan avslutade jag med en kort summe-ring där jag lät mitt orakade, olyckliga ansikte fylla skärmen.

"Livet har aldrig varit svårare än nu. Jag saknar pengar och kan knappt ta mig någonstans. Så jag hade verkligen, verkligen uppskattat en gåva. Minsta lilla summa kan göra stor skillnad. Tack för att ni har tittat och sköt om er där ute."

Det dröjde inte ens tio minuter efter publicering innan den första gåvan plingade i telefonen. Inom loppet av en dag hade jag fått in tvåtusen kronor. Många följare skrev empatiska kom-mentarer. Många efterfrågade detaljer, men jag bara skrev att jag inte orkade gå in på djupet. Någon som bodde i närheten erbjöd sin hjälp om det var något som jag behövde. Den mänskliga vär-men som mina följare visade gav mig en känsla av hopp.

Under en av mina rastlösa rullstolsutflykter i huset märkte jag att pappa hade lämnat sitt arbetsrum öppet. Först intresserade jag mig för hans läsning, han satt tydligen med en bok av Pascal där han hade strukit under ett citat: *"Inbillningskraften överhöljer oss med ära, förnuftet med skam."*

Han hade lämnat datorn påslagen. I verktygsfältet kunde jag se vilka program han arbetade i. Det var kalkylatorn, det var en pdf-läsare med skattedeklarationen samt ordbehandlaren. Pappa hade sju dokument öppna. I det sjätte läste jag meningar, eller snarare rader, stödanteckningar, som jag inte kunde slita blicken från. Det gick helt enkelt inte att motstå att läsa. Med stigande puls nådde följande rader mitt medvetande:

"Splittring. Bakdörrar. Hedonism. Förhärdelse?
Vem kan nå till hans kärna? Den finns kanske inte.
Han säger att han saknar hopp. Det säger allt.
Han påstår att han är klarsynt. Det stärker hopplösheten.
Om han inte brukade alla goda gåvor fel så hade jag känt hopp.
Jag har själv släppt in honom. I bilen är det alltför tydligt.
Man mår som man förtjänar. Det är sant."

"I en rimligt ordnad värld betalar man sina skulder. Man flyr inte bort från dem. Man lägger varje krona man kan tills skulden är betald. Bara så kan man glädja sig i frihet.
Det ligger något synnerligen vedervärdigt i att han vill livnära sig på sina ord.
Gode himmelske Fader, ge mig av din oändliga visdom!"

Min nästa träff med psykologen inträffade på skärtorsdagen.

Claudia hade ett påskägg i bokhyllan dekorerat med ett knippe gula fjädrar. Där stod även en diktsamling av Tomas Tranströmer, lexikon, psykologiböcker, och sådana böcker som såg ut att handla om geopolitik och gränser. Orden "Ukraine" och "borderline" stod på bokryggarna, men jag hann inte läsa ordentligt innan Claudia fångade min uppmärksamhet genom att be mig inta min plats. Jag förflyttade mig över till fåtöljen som jag sjönk ned i och gjorde mig bekväm i. Claudia log vänligt mot mig som hon brukade.

"Hur känns det att vara tillbaka?"

"Hos dig menar du?"

Claudia vecklade ut handflatan och gjorde en liten nedsänkande rörelse med handen.

"Hos mig, och i det här rummet."

"Räcker det inte med att jag har kommit hit? Varför måste vi prata om minsta lilla känsla?"

"Det är tredje gången vi ses", sa Claudia.

"Ja, precis ..."

"Minns du vad vi skulle göra den tredje gången vi sågs?"

Jag letade i minnet. Jag hade bestämt för mig att hon hade sagt att det var något viktigt som skulle göras vid det tredje besöket.

"Jag minns tyvärr inte."

"Vi ska utvärdera vår kontakt. Och se om vi ska gå vidare med det här utforskandet tillsammans, du och jag."

Min puls steg.

"Det låter seriöst. Ska vi ner i det undermedvetna?"

"Det får vi se. Allra först ska vi vara i det medvetna och i det förmedvetna. Det kan vara nog så utmanande."

"Jag förstår", sa jag.

"För min del är jag beredd att gå vidare", sa Claudia. "Men det beror också på dig."

Jag nickade att jag förstod.

"Och det krävs att vi håller oss till vissa regler."

"Som vadå?"

"Det behövs att du är ärlig och öppen med mig."

"Är jag inte det?" frågade jag.

"Jo ... jo, det är du såklart. Men är du villig att verkligen gå till botten med dig själv? Och se dig själv i vitögat?"

Jag reagerade med en liten fnysning på det där uttrycket, som jag alltid funnit lite obehagligt. *"Se sig själv i vitögat"* ... det lät som något som en zombie kunde göra. De flesta normala människor såg sig själva, inte i vitögat, utan in i pupillen – endast zombier saknade iris och pupill.

Jag slog bort mina distraherande tankar.

"Jag är redo."

"Så bra", sa Claudia och log varmt.

Jag avbröt hennes leende med en fråga.

"Kan man verkligen vara helt ärlig med andra människor? Jag menar, andra människor tenderar att smutskasta ... och förminska."

Claudia väntade på mer, men jag slog bort mitt infall. Jag bad henne att glömma det jag nyss hade sagt.

"Du verkar energisk idag, Balder. Har det hänt något?"

"Nej. Jag är bara glad att få komma ut", sa jag. "Man blir full av energi bara man kommer ner till stan."

"Ska du göra något efter att vi har träffats idag?

"Det vet jag inte ..."

Claudia väntade på mer, men jag sa ingenting.

"Vi pratade om *hopp* förra gången vi träffades. Får jag fråga dig om din relation till ett annat ord den här gången?"

"Vadå? Kärlek?"

Claudia log och skakade på huvudet.

"Sanning. Och lögn. Är det okej att ljuga, exempelvis?"

Jag skakade bestämt på huvudet.

"Nej. Det är inte okej. Kanske om det kan rädda liv, men sanningen varar längst."

Claudia såg på mig med sin milda blick, länge och noga.

"Hur ser du på det här med att ljuga för sig själv?"

"Vad menar du?"

Claudia förklarade utan att släppa blicken på mig.

"Jag tänker på när du berättade om din syn på alkohol i vårt första samtal. Jag fick intrycket att alkoholen har lett till en del besvärligheter för dig. Ekonomiskt, socialt ..."

Jag avbröt Claudias uppräkning.

"Nej. Faktiskt inte några större problem."

Claudia fortsatte.

"Är du öppen för att alkoholen spelar en problematisk roll i ditt liv? Att alkoholen ..."

Jag avbröt henne igen.

"Hur kan du säga så? 'Öppen'? Vad får dig att tro ..."

Claudia skakade på huvudet, märkbart sakta, vilket fick mig att komma av mig i det jag tänkte säga.

"Jag tror ingenting, Balder. Men jag hör när du beskriver ditt liv att drickandet spelar en viss roll för dig."

"Ja, vadå? Är det inte så för alla? Tar du inte ett glas ibland? Kom nu inte och säg att du inte dricker vin."

Claudia svarade inte på min fråga.

"Vad står det för i *ditt* liv, Balder?"

Jag lutade mig bakåt i fåtöljen med ett stön. Jag slängde händerna över ansiktet och gav till ett skratt som dånade i hela rummet.

Claudia bara väntade.

"Vad ska jag svara? Är det fel att ha roligt?"

"Vem har sagt det?"

"Ingen", sa jag. "Men du ifrågasätter ..."

Jag slog ifrån mig.

"Skit samma."

Flera sekunder passerade. Claudia såg allvarlig ut.

"Vad är det som händer i dig när jag ställer de här frågorna?"

Jag såg rakt på Claudia när jag svarade.

"Det händer inte mer än att jag tycker du låter som vissa andra personer som jag känner. Och frågorna går på repeat, som om det vore hack i allas skivor."

"Du reagerar ganska starkt, Balder."

"Okej ... Vi släpper det här."

Claudias röst var mild och lugn när hon ändå fortsatte.

"Hur känner du kring den här frågan som jag ställer?"

Jag spände blicken i henne.

"Ser du inte vad jag känner? Jag känner mig irriterad. Därför att du ifrågasätter min rätt att sätta lite färg på tillvaron. Okej? Det är så jag ser på dig, och på ... på alla andra."

"Ska vi ta och andas lite, du och jag?"

Claudias panna var nu rynkad.

"Jag kan redan andas", sa jag.

"Vi provar andas tillsammans", sa Claudia.

Vi gick ner i varv. Claudia tycktes förstå att hon inte borde ställa fler frågor om människans behov av färg. Medan vi satt och andades tillsammans dök det upp minnesbilder från Stockholm och andra städer där jag hade hamnat i olika situationer som var obehagliga. Jag påmindes om ifrågasättanden från folk som föraktade mig. Det var obehagligt att sitta overksam hos en terapeut utan att prata. Minuterna gick – till ingen nytta.

Jag slog upp ögonen utan att känna mig särskilt närvarande i det där *nuet* som Claudia så varmt förespråkade.

"Ska vi gå vidare?" frågade jag och tittade på klockan som inte hade rört sig så mycket som jag hade hoppats.

Claudia slog upp ögonen och såg nyvaken ut.

"Kan du skriva ut någon medicin till mig?"

Claudia verkade ha ett färdigt svar på min fråga.

"Om du känner ett behov av medicinering kan jag skicka en remiss till vår psykiater."

Innan jag hann förstå svaret fortsatte Claudia.

"Är det någon specifik medicin du har i tanken?"

"En medicin så att man slipper allt det jobbiga", sa jag.

Claudia såg på mig med granskande blick. Istället för att ge svar om medicinen ställde hon en annan fråga.

"Vad skulle du helst vilja slippa, Balder?"

"Livet!" utbrast jag. "Det är det som är jobbigt. Jag klarar inte av det här sättet att leva. Jag kan inte sitta där ute hos pappa och ruttna. Jag måste ..."

Jag avbröt mig själv med en suck.

"Vet du vad. Jag har faktiskt andra ärenden att göra idag. Vi får ses igen nästa vecka. Jag pallar in det här längre."

Sagt och gjort. Jag avslutade analysen och kämpade mig upp i min rullstol. Jag rullade snabbt genom korridoren och tog mig med hjälp av hissen ner till markplan. På stan köpte jag en flaska whisky på bolaget. Solen värmde mig så pass att jag fick öppna rockens alla knappar.

Släpp fångarne loss – det är vår!

Jag kände med mina händer på innerfickorna där flaskorna buktade och ingav trygghet som om de vore en livboj. Jag började ångra mitt agerande inne hos Claudia. Vad skulle hon tänka om mig? Skulle hon avsluta vår kontakt? Jag kunde förstås kalla det för ett test nästa gång – mitt undermedvetnas shit-test.

Telefonen ringde, det var pappa som undrade var jag befann mig. Jag sa att jag hade rullat in till stan, för jag behövde hämta ut medicin. Det var inte roligt att fara med osanning, men det låg ändå ett korn av sanning i det jag sa tyckte jag – och med vilken rätt styrde förresten min gamla pappa över vad som hamnade i min mage? Vad var det för förnedrande villkor jag hade skrivit på utan att ens skriva på!

När vi kom hem till huset hamnade jag på sängen. Det var dött på min kanal fastän reklamintäkterna tickade in. Jag tänkte att jag kanske borde spela in fler filmer om mitt liv med stumpen, men jag fnös åt den idén. Jag nästan ångrade att jag hade lagt ut förra filmen, om man bortsåg från de tusenlappar som den genererade.

Jag tittade ut genom fönstret på den livlösa naturen. Jag drevs in på forumet Flashback där jag tyvärr hade en egen tråd som låg likt en våt yllefilt kring min karriär. Efter en kort stund hamnade jag bland två år gamla inlägg där belackarna och de missunnsamma trollen diskuterade min kanal och den skuld till a-kassan som min "näringsverksamhet" ledde till.

Vissa skribenter på forumet påstod att jag var dumdristig som startade en verksamhet medan jag gick på a-kassa.

En kommentator skrev: *"Om jag bakar bullar och säljer för några hundra i veckan så är det en hobby, inte ett arbete. Kan man inte försörja sig som journalist får man hitta på något annat. Pinsamt är bara förnamnet. Han verkar vara bostadslös också."*

Boomer, tänkte jag.

En annan kommentator skrev: *"Såg Balders bostadshistorik. Han verkar leva i en packsäck. Verkar vara en seriös snubbe, men trist om boendet, hoppas han får ett vettigt uppdrag snart."*

Ytterligare en kommentator skrev: *"Han känns lite som ett lost cause i det stora sammanhanget Livet. Han saknar ett vettigt jobb, saknar nämnvärd utbildning och lever ett högst ostrukturerat liv. Enbart därför han är insnöad på Palme antagligen."*

Idioter, tänkte jag.

"Don't criticize what you can't understand."

Vad som hände senare samma torsdag kan inte beskrivas som något annat än en katastrof för min del. Grälet som följde blev det mest uppslitande på länge.

Alltsammans började med att jag klantade till det och somnade med min whisky framme. Taklampan stod på, det var det som fällde mig, för pappa kikade in för att släcka. Han trodde säkert att jag sov när han kom hem från gudstjänsten i kyrkan. Han ville säkert bara spara på elen.

När jag vaknade i mörkret, omkring klockan två på natten, märkte jag att drickat var borta. Min puls steg och jag blev på en sekund klarvaken. Jag rullade ut i köket där jag tände taklampan och såg mina två flaskor stå tomma på diskbänken. Pappa hade tömt innehållet i vasken. Jag blev ilsken, och den känslan trängde bort rädslan, och jag lekte för ett ögonblick med tanken att på kryckorna kämpa mig upp för trapporna ... Så blev det inte, utan jag fick vackert återvända till sängen och försöka sova.

Jag vaknade tidigt på morgonen av att det knackade på dörren. Pappa väntade på mitt "kom in". Av någon anledning gjorde detta mig lugnare, det kunde väl inte röra sig om ett så negativt ärende om pappa vänligt väntade på att jag bad honom stiga in?

Jag satt med den nakna stumpen framför mig på sängen. Jag stirrade tomt ut i rummet med butter, lite ångerfull blick.

Pappa ställde sig några meter från sängen.

"Det här fungerar inte, och jag vill att vi har det som utgångspunkt för den här konversationen."

Pappas röst var lugn, nästan vad man kunde kalla mild.

"Du hällde ut min whisky. Det var verkligen inte schysst gjort av dig."

Pappa behöll lugnet.

"Jag trodde vi hade etablerat vissa spelregler."

"Ja, men ... Hallå? Du kan väl inte ..."

"Vänta", avbröt pappa och kom närmare sängen. "Jag vill bara framföra mitt ärende först."

Han såg rakt på mig.

"Jag vill att du flyttar härifrån. Nu på en gång. Och jag vill inte att du bor här igen. Inte förrän du har tagit itu med ditt missbruk."

Detta var för mycket för mig. Jag höjde rösten.

"Du snackar skit!"

Jag drämde handflatan i stumpen.

"Jag har inget missbruk!"

"Du får kalla det vad du vill, Balder."

Jag ropade ut i rummet:

"Jag behöver slappna av! Och ha lite kul!"

Jag blev arg av mina egna ord, och på förnedringen i min situation. Jag ropade mina anklagelser med hög röst:

"Varför kan jag inte få ha lite kul? Va? Varför vill du inte det? Förstår du inte att jag också har behov av att ha lite roligt ibland? Hur roligt tror du det är att sitta fast här ute i skogen? Du är bara en missunnsam jävel! Det är vad du är! Du får väl för helvete ha lite omtanke! Är det för mycket begärt?"

Vi körde ner till stan. Pappa parkerade vid centralstationen och hjälpte mig ut. Han sa inte ett ord. Inte ens några förmaningar. När han skjutsade mig i rullstolen bort mot biljettautomaten, där han betalade för min resa, överräckte han tillsammans med biljetten ett brev med fönster.

Åsynen av kuvertet gjorde mig darrig om fingrarna. Myndighetskuvert tillhör det obehagligaste som finns.

"Jag tror du är kallad till en rättegång", sa pappa.

Hans ord gjorde mig inte ett dugg lugnare, snarare förvirrad.

Jag rullade av i Varberg. Där blev jag sittande på stationen med tårar i ögonen och telefonen i handen. Omgivningen var suddig, jag kunde inte ens hitta i min telefonlista. Jag tyckte inte om att röra mig fritt på grund av folk i staden, och folk rörde sig omkring mig hela tiden. Jag lyckades till slut ringa min vän, min livräddare, Jörgen. Han kom ner till stationen efter femton minuter och vi rullade hem till honom. Det fanns en hiss i hans hyreshus vilket var tur för mig.

"Du får väl ta soffan igen då", sa Jörgen.

"Det ska inte bli långvarigt", lovade jag.

"Men vad är det som har hänt, Balder?"

Jörgen hade ställt samma fråga när vi var på väg hem. Då hade jag inte orkat svara, och jag tyckte också att det var ganska självklart vad svaret var. Under hela tågresan hade jag suttit med ångest och stirrat ut genom fönstret utan att förmå mig till några vettiga tankar.

"En öl så ska jag berätta."

Jörgen öppnade kylen och slängde mig en burk iskall norrländskt guld.

"Det finns whisky också."

"Det låter bra", sa jag och öppnade ölen som jag halsade snabbt.

Sedan berättade jag historian från början till slut, det vill säga från det att jag hade läst pappas hårda ord om mig på sin dator till beslutet att unna mig lite dricka. Jag nämnde inte att jag hade gråtit stora delar av resan mellan Halmstad och Varberg, en bitter gråt trots att jag slapp ifrån mitt mentala fängelse.

"Det var hårt av honom att kasta ut dig", sa Jörgen när han hade lyssnat färdigt på min berättelse.

Jag stirrade tomt framför mig ut i det ljusa köket, jag kände mig vimmelkantig.

"Jag undrar om du har en dator att låna ut till mig?"

"Jag kan ordna en på jobbet", sa Jörgen. "Men jag är inte där förrän nästa vecka"

"Tack ... Tur att du finns."

"Det är klart man ställer upp på sina vänner", sa Jörgen. "Klarar du allting med kryckorna och rullstolen eller behöver du mer hjälp?"

"Vardagen fixar jag. Det är lugnt. Jag ska inte stanna länge."

Efter lunch rullade vi iväg till mataffären och handlade. På kvällen drack vi whisky och åt mackor. Jag berättade den svåra historian för Jörgen om hur jag hade mist mitt ben. Jag sa att jag saknade Irina och Rebecca – båda gjorde mig smärtsamt påmind om min ensamhet.

"Vad tänker du framåt då?" undrade Jörgen.

"Det är svårt att göra livsplaner", suckade jag.

"Jag förstår", sa Jörgen. "Ska du fortsätta gå hos psykologen?" Men den frågan hade jag inte reflekterat över.

"Det blir nog svårt att ta sig dit. Jag får klara mig utan psykolog."

Jag och Jörgen pratade om det ena och det andra.

"Jag har tänkt mycket på mitt liv hemma hos pappa", sa jag. "Den där nyfikenheten och öppenheten kanske passade när man var ung. Och kanske på folkhögskolan. Men nu vet jag inte längre. Jag tror inte att journalister och reportrar kan vara så öppna och nyfikna om de ska överleva. Det är det som är mitt problem. Jag är alldeles för *mycket* av allting. För mycket öppenhet, för mycket nyfikenhet. Jag är mer journalist än journalisterna. Jag har inte fattat grejen, liksom."

Jörgen sa ingenting. Han stirrade ut genom fönstret där fullmånen sken bakom sönderrivna trasor av moln.

"Det är ju bra om du har fått lite insikter", sa Jörgen till slut.

"Inga trevliga insikter", sa jag och halsade whiskyn. "Jag lever som vem som helst. Jag har utbildat mig. Ändå är livet mycket hårdare mot mig än mot svenne-banan på stan. Jag har råkat illa ut trots att jag har spelat mina kort så bra det går. Men det är ingen som är intresserad av det jag har att erbjuda världen. Ingen vill betala."

"Det stämmer ju inte", sa Jörgen. "Det är många som hejar på dig på din kanal."

Jag fnös åt Jörgens ord.

"Det är mest idioter kvar."

"Okej", sa Jörgen. "Då får du väl ge idioterna vad de vill ha."

När jag precis hade borstat tänderna plingade det i telefonen och jag såg ett mycket enkelt meddelande på skärmen.

"*Har du pengar?*"

Meddelandet kom från ett nummer som jag vagt kände igen. Men varför kom meddelandet just nu efter så många månader? Efter ytterligare ett par minuter, när jag hade format kudden rätt och jag just skulle lägga mig, plingade det på ytterdörren. Signalen skar som en kniv genom tystnaden – som en dödsklocka. Jörgen kom ut från sovrummet i bara boxershortsen.

"Vem är det?" frågade jag.

"Jag vet inte. Vet du?"

Min röst blev allvarlig.

"Öppna inte."

Jörgens ansikte var dolt av skuggor. Han kom fram till mig, rösten hade något främmande, skarpt.

"Vet du vem det är? Känner du dem?"

Det plingade i min telefon.

"*Jag säger till dig som en bror, kom ner, prata, lös detta fint ...*"

*

Det är svårt det här. Jag orkar inte i detalj gå in på vad som sades i parken. Kan bara säga att den ene mannen satte ett skott i mitt knä och sedan ett till. Trots att jag skrek för mitt liv, trots att jag bönade och bad och lovade att jag skulle betala. Smärtan jammade mitt medvetande, det blev svart och jag vaknade när ambulansen flyttade mig över till en bår.

Av resan till lasarettet i Halmstad minns jag ingenting. Jag kände bara en våldsam smärta så snart jag ens försökte böja på benet och jag skrek rakt ut.

Min skalle är nu marinerad i smärtstillande mediciner. Jag borde skriva men det är för svårt, allting är för svårt just nu. Jag försöker gång på gång sova men deras ansikten är där direkt, med livlösa och hänsynslösa ögon. I mina drömmar kommer dessa ögon tillbaka, och mannen som står närmast lyfter sitt vapen som om det var något som måste betalas tillbaka varje gång jag somnar. Min sista tanke i livet kommer tillbaka: Nu dör jag, nu är det slut.

Det är morgon. Jag går min runda bland nyheterna, och sedan bland kommentarerna på min kanal där påhejningarna strömmar in. Mina följare menar att jag är något på spåret. Jag kommer lösa Palmemordet. Det är deras övertygelse.

I en dimma av smärtstillande ser jag chockerande bilder när jag surfar in på forumet Flashback, där min tråd har växt med två inlägg. Det är en skribent vid namn "Herr Hatfakta" som har lagt upp en länk som leder till en sajt med hemtillverkade memer. "Herr Hatfakta" har klippt ut en bild på mig, från min kanal, där jag sitter i min rullstol vid fönstret hemma hos pappa, med stumpen framför mig. "Herr Hatfakta" har lagt till en text på engelska som börjar över bilden och slutar undertill: *"I took the road less traveled by, and that has made all the difference."*

Jag förstår inte orden. Jag söker på citatet. Tydligen är det hämtat från en känd amerikansk dikt. Jag läser den ett par gånger men är för upprörd och hjärnmosad för att kunna hantera mina känslor. Hånet mot min journalistiska verksamhet svämmar över. Det är svårt att bära. Folk spottar på mig. Vad har jag gjort för att förtjäna det? Varför spottar man på den som redan ligger? Vad finner man för glädje i andras lidande?

Mänskligheten är mörk!

Att Gud skulle ge sitt liv för mänskligheten ... Man blir nästan mörkrädd.

*

Himlen utanför mitt fönster är oföränderlig. Varje dag liknar den andra, och varför ställer vi andra krav? Vi har ju fötter att ta oss fram med, resor kan vi boka. Allting är på väg att förändras, men så har jag känt förut också – att hoppet slår till. Jag vill inte ha ett annat liv än det jag levde helt nyligen. Jag saknar min båt, jag vill ha det som vanligt igen! Jag vill leva mitt liv!

Så varför behövde just jag misslyckas? Varför slutade mitt liv såhär? Jag tittar på nyheterna och ser mina kollegor journalisterna och tänker: Det kunde varit jag – det kunde varit jag som stod i teverutan och presenterade de senaste anfallen i krigen. Ingen är unik. Mina tankar är inte unika, jag ställer inga krav. Inte ens psykologen kan rå på mig. Världen har slocknat som en lodis på en parkbänk, inga ord kan hjälpa när solen går upp. Vad ska jag göra? Jag ringer till Jonas, jag berättar vad som har hänt och han svär med en tröstlös röst som låter som ett utdraget flås i telefonen, innan han blir alldeles tyst, och jag hör spenaten som viskar i vinden, en spenat som jag inte vill se igen.

"Jag beklagar verkligen detta", säger Jonas. "Du kunde ju för tusan ha dött. Jag blir så in i helvete förbannad på alla de här jävla kriminella knarkgängen som förstör vårt samhälle! Det är bara blod, våld, hämnd och vansinne. Inga samveten."

Jonas har blivit upprörd.

"Hur ska du nu klara dig, Balder?"

"Så långt har jag inte tänkt än."

Jonas suckar.

"Ja, vad ska man säga? Vad längtar du efter?"

Min röst är sluddrig av smärtstillande.

"Stockholm ..."

Jonas får ett både energiskt och nyktert tonfall.

"Har du inga mer realistiska tankar?"

Jag söker i huvudet efter det som Jonas efterfrågar, något som kan vara mer realistiskt, men konstigt nog står det stilla.

"Kommer du kunna gå?"

"Med lite träning så."

"Det är ju skönt. Då har du ett mål att kämpa mot."

Jag byter ämne.

"Vet du hur det är med Irina? Kan jag skicka en hälsning?"

Konstigt nog tänder Jonas till av min fråga.

"Säg inte att du ligger där på lasarettet och fantiserar om Irina? Vad är det med dig, Balder?"

Jag höjer rösten mot Jonas.

"Kan du tagga ner lite, snälla?"

"Nej, det tänker jag inte göra", säger Jonas. "För jag tycker ibland att du är så in i helvete märklig. Längtar du inte efter ett mer verklighetsanpassat liv? Du måste väl för fan kunna förstå när det är slut?"

Hur min fråga om Irina har kunnat leda till den här utvecklingen av samtalet vet jag inte, men jag antar att det ligger något provocerande i själva min existens – som vanligt.

Jonas berättar, lugnt och sansat, att Irinas man, Sergei, är på väg till Sverige. Det var ett svårt beslut för honom att fatta. Han reste i bil med en smugglare till Tisza-floden, på gränsen mot Rumänien, som han med sina bara händer och packningen på ryggen simmade över – allt för att komma undan krigsmaskinens köttkvarn på fronten. Han kom över på andra sidan floden oskadd och befann sig nu någonstans i Polen och förväntades anlända till Sverige snart. Irina var mycket glad och lättad.

"Jag förstår", säger jag. "Det var dumt av mig att ..."

Jag avbryter min mening med en tung suck.

"Det känns ibland som att inget biter på dig, Balder. Inte ens våldet verkar bita på dig. Du har ju för tusan haft ... änglavakt!"

När Jonas är i sina mer uppskruvade känslolägen kan han säga liknande kommentarer och sedan släppa ifrån sig ett tvärt skratt, som för att lätta upp den obehagliga stämningen. Men något sådant skratt kommer inte den här gången, fastän jag är övertygad om att änglarna i Jonas värld inte är mer än sagoväsen – en metafor för den allmänna turen som ibland hjälper människor i deras svåra läge. Vårt samtal har inte lett till något positivt för min del och jag letar febrilt efter ord.

"Vad menar du att jag ska göra då?" frågar jag. "Ska jag bara sluta? Ska jag sluta sträva efter en karriär? Vad ska jag göra?"

"Det är slut, Balder."

Orden ekar i fjärran.

"Hör du det? Det är slut."

Min mun öppnas sakta.

"Men jag lever ju?"

Mitt hjärta klappar hårt efter samtalet med Jonas. Jag förstår inte varför det gick snett, vad det var som kom bägaren att tippa. Mina frågor jäser där jag ligger på sängen. Var gick det snett i mitt liv? En sak är säker och det är att a-kassan borde ha visat medmänsklighet mot mig. Stenen som de la på min redan stora börda gjorde så att musten gick ur mig. Världen visade sig vara något annat än jag trodde. Världens illvilja finns överallt och det spelar ingen roll att man anstränger sig.

Hur skulle jag kunna veta på detaljnivå vad jag fick göra och inte göra med min tid som arbetslös? Istället för att avlöna idiotiska byråkrater kunde myndigheten ha låtit saken vara! Är systemet verkligen viktigare än den lilla människan?

Jag eldar upp mig själv känslomässigt där jag ligger i sjukhussängen. Jag inser att jag är en hopplös romantiker. Jag inser det hela tiden och jag har kanske alltid insett det, men vad ska jag göra? Ska jag avrätta min inre romantiker? Hur gör man ens det? Hur förändrar man själva sin natur? Mitt liv handlar om journalistik! Man kan inte be en soldat att ta av sig rustningen, man kan inte be officeren ta av sig uniformen, den hör ju till kampen mot livets hårda vindar. Man kan inte heller be mig lägga ner mitt arbete! Det går inte att ställa krav på mig att jag ska in på ett jävla lager – det skulle kväva mig till döds! Ovärdigt är ordet! Det finns jobb i samhället som de känslolösa robotarna gärna tar!

Någon gång somnar jag från mina tankar och drömmer om att jag springer på David Bagares gata i Stockholm. Min kropp svävar fram, den studsar på fjädrande leder, jag studsar högre än bilarna, det tar mig sekunder att korsa åsen och jag vänder mig om för att se mig tillbaka. Den eldröda kvällssolen reflekteras på husfasaderna som är tomma och ändå vänliga. Det är varmt i luften av välvilliga sommarvindar. Jag kan känna fötterna i skorna, de är fullständigt genomdränkta av blodets lugnande cirkulation. Jag studsar och svävar ända ner till Smala gränd.

Jag vaknar och det första jag ser är taket. Jag griper efter min telefon, det här kan inte vänta längre. Om det finns halmstrån i livet så är det min skyldighet att gripa dem. Det kan inte vara slut! Jag letar upp huset på en karta, mannen som bor där har lyckligtvis ett telefonnummer som inte är dolt.

När jag ringer minns mannen vem jag är. Han undrar hur det står till med mig. Jag säger något passande och får sedan reda på att Irina inte alls väntar sin man Sergei tillbaka – Irinas man är på väg till värvning för att tas till fronten.

Så det är detta Jonas menar med att det är *slut* ...

Mina tankar blir hetsiga, överdrivna. Rösten behåller jag märkbart lugn när jag framför mitt ärende. Men Irina är tydligen i upprört sinnesläge, han tror inte hon är i skick att prata i telefon med mig. Jag kan inte tåla det svaret.

"Men hon betyder så mycket för mig! Snälla, be henne!"

Jag är verkligen desperat, mannen måste förstå det. Han lämnar den gammaldags trådbundna telefonen som sitter fast i väggen och går till Irina som befinner sig i ett annat rum. Det dröjer en lång stund med fullständig tystnad i andra ändan, sedan återvänder han och säger att han ska lämna över mitt telefonnummer till Irina.

Han lägger vänligt till att hon är så uppriven nu att jag inte ska vänta mig att hon kommer höra av sig på länge.

Jag stirrar i taket med sträva ögonlock som bara blir tyngre. Egentligen skulle jag behöva sova ännu mer, men just som jag sluter ögonen kommer en sköterska in i rummet tillsammans med en läkare. Jag får en mapp i handen med information, och läkaren säger att det är viktigt att iaktta allt som jag nu får höra, eftersom på torsdag, alternativt fredag, bär det av ner till Lund där min knäled ska bytas ut. Innan den viktiga operationen måste jag iaktta en sträng fasta så att vi minimerar risken för komplikationer. Sköterskan visar bilder på en mojäng som ska fästas i ändan på benpiporna där knäleden sitter. Jag kommer få ett schema med specialanpassad träning eftersom målet är att jag ska lära mig gå. Allting står i mappen som jag får läsa i lugn och ro. Vid oklarheter måste jag höra av mig. Jag nickar att jag har förstått informationen.

Min munhåla är full av slem när jag mumlar:

"Snart finns det ingenting kvar av mig."

Min kommentar får doktorn att bryta sin roll. Spontant berättar han om ett inslag han såg nyligen på tysk teve, om en ukrainsk soldat som miste båda benen i ett ryskt anfall. Men inte nog med det, han vanvårdades i rysk fångenskap och förlorade även båda sina underarmar. När han vid en fångutväxling återvände till Ukraina fick han lära sig gå igen. Detta visade på vilket mod, vilken styrka, som bodde i vissa människor – en fantastisk förmåga att vilja leva vidare.

När sköterskan och doktorn lämnar mig ensam kommer tårarna och bränner mig inifrån. Jag är slut i huvudet. Jag slänger mappen ifrån mig bort mot fönstret och ringer på larmet. När sköterskan kommer ber jag om en tablett för att kunna sova. Jag känner mig som en krossad man, och det är sjukvårdens personal som äger släggan. Och resten av världen instämmer i kören som sjunger att det finns en verklighet och att den är bister.

Här kommer jag att dö, här kommer jag att dö, så lyder min enda tanke.

Pappa ser sammanbiten ut, eller möjligen förvirrad, när han dyker upp i dörren. Han betraktar för ett ögonblick min kropp som avtecknar sig under täcket. Han hälsar sedan artigt och ler ett snabbt leende som jag har svårt att möta. Han har prästkragen på sig, och jag tänker att han nog har kommit direkt från en gudstjänst. Han tar av sig sin keps, jackan har han redan hängd över armen, han lägger en chokladkaka på bordet bredvid min säng. Jag sneglar dit och ser att den smakar Daim, min favoritsmak. Han har lagt ett vykort bredvid chokladen, ett vykort från kyrkan som föreställer en vårblomma med ett förtryckt bibelcitat: *"Jag har kommit för att de ska ha liv, och liv i överflöd."*

Pappa sätter sig ner på en besöksstol och tittar rakt ut i rummet på ett tomt sätt, ungefär som jag.

Avlägsna ljud från skränande fiskmåsar sipprar in genom de stängda fönstren och stör tystnaden med sitt hetsande läte, antagligen är det parningstid här utanför.

Solen skiner på en himmel utan moln. Tydligen är det vårvärme, för att inte säga sommarvärme. Det talas i korridorerna om sjutton grader. "Naturen fullkomligt exploderar", var det en sjuksköterska som sa till en kollega i korridoren. Jag hörde dem samtala om trädgårdsarbete som måste göras, och det fick mig att känna mig mycket avsigkommen och ensam.

"Hur är det?" frågar pappa till slut.

"Inte så bra."

Det känns konstigt att säga så, orden ligger fel i munnen, det känns som en teater.

"Vad kommer hända nu?"

Jag suckar för mig själv och säger att jag inte vet mer än att knäet ska bytas ut mot något slags gångjärn.

När jag berättar om gångjärnet faller pappa i gråt. Han hulkar och skakar som en hjälplös. Jag vet inte vad man ska göra, och jag kan heller inte göra något. Gråten låter så främmande, som något man måste stoppa, som något som inte får vara där, något onaturligt.

Pappa stöter fram sina ord.

"När ska det få ett slut?"

Han ser inte på mig, han tittar ner i golvet mellan sina sammanpressade händer som han håller över munnen.

"Hur nära ska du komma?"

"Jag vill inte komma närmare", säger jag.

"Varför hände det? Var det på grund av skulder?"

Jag vågar inte svara på hans fråga.

"Vill du svara mig?"

"Ja ..." suckar jag. "Jag hade en liten skuld på några tusen."

"Och då skjuter man?"

Jag harklar mig, men utan att svara på pappas fråga.

För pappa låter det så orimligt. Men det är inte orimligt. Snarare är det jag som har haft tur för många gånger, och till slut korsar man väg med fel personer.

Pappa andas vid min sida, hans mun är öppnad och jag tycker mig se att ögonen är glansiga i solljuset som reflekteras mot väggarna. Länge sitter han och andas med öppen mun, vad han tänker vågar jag inte ens föreställa mig.

Han säger mitt namn.

"Balder, jag vill be om din förlåtelse. Det var inte bra det jag gjorde i torsdags. Det var inte rätt."

Jag ser på pappa men vänder genast bort blicken. Jag klarar inte av att se honom i ansiktet.

"Förlåt mig, Balder. Jag begick ett misstag när jag körde ut dig ur huset. Jag agerade fel, jag var alldeles för oresonlig."

Jag harklar mig som om jag var i färd att säga någonting, men jag har ingenting att säga. Pappa tar upp ett anteckningsblock ur sin ficka och börjar bläddra med darriga fingrar.

"Vill du göra mig en tjänst?"

Han river ut en sida.

"Om du gör den här tjänsten så ska jag göra dig en tjänst."

Nu ser han på mig.

"Skriv ner alla skulder du har. Skriv ner allt du kommer på, alla summor. Spara ingenting. Skriv ner alla telefonnummer."

"Varför det?"

"Jag ska betala", säger pappa. "Jag ska betala allt till sista öret."

Min blick hamnar på den blå himlen.

"Du måste bli fri, Balder."

Han lägger handen på det rena lakanet.

När pappa går tar han chokladen med sig och låter den lilla oskrivna papperslappen ligga kvar.

För att jag ska få njuta av solen rullar en undersköterska ut mig till en stor balkong som ligger vid matsalen. Jag har rocken på mig, men jag märker på en gång att det är alldeles för varmt. Undersköterskan säger det också till mig med ett leende, att värmen är här, rocken kommer knappast behövas. Jag får hjälp att dra den av min kropp.

Då märker jag hur det prasslar i innerfickan. Jag plockar fram fönsterkuvertet. Mitt hjärta slår hårda slag när jag river upp det och läser rubrikerna på de olika dokumenten som har skickats till mig. Min blick stannar på en rubrik som lyder: "Om rätten till skadestånd".

Utan att läsa blundar jag, vänder ögonen mot solen och känner värmen mot pannan, kinderna och hela kroppen.

EPILOG

Borde man verkligen skriva det ordet? Går det att skriva en epilog till ett liv som pågår för fullt? Jag tror det, men bara om man menar slutet på någonting begränsat, som man har valt ut från början. Men sådant är inte mitt liv. Det är inte slut. Långt ifrån. Och sommaren är här. Jag matar en katt ute på gården, klappar den på ryggen som hastigt glider iväg under min handflata. Katten är ett fascinerande djur som kommer och går som den själv önskar. Katten lyder ingen människas vink om den inte känner för det.

Det tog mig flera månader att komma tillrätta med det nya livet både praktiskt och mentalt. Jag orkar inte repetera alla de mörka tankar som for genom skallen på mig. Det som höll mig vid liv var att hålla balansen – bokstavligen.

Jag lärde mig att gå. På två objekt utan känslor.

När det kliar i benet och jag böjer mig fram för att klia så går det inte att tillfredsställa begäret. Det är fortfarande en så märklig sak. Det kliar i kroppsdelar som inte längre existerar.

Pappa skrev ett brev till mig.

"*Mitt ständiga problem har varit: Hur förklarar man för dig på dina villkor så att du förstår?*" Jada-jada – ord om stolthet, svinvaktare och annat. Jag hoppade till slutet av brevet: "*Nu hoppas jag att du förstår varför jag inte vill att du bor hemma. Men det betyder inte att jag inte håller av dig. Du får inte tro att min intention är ond, Balder. Jag vill att det ska gå bra för dig.*"

Brevet vek jag ihop och stoppade längst bak i en av Gunnar Walls Palmeböcker. Min tanke var att kanske använda mig av brevet om jag skriver klart den där romanen, den rafflande romanen om mitt liv som bara pågår, pågår, pågår och saknar epilog.

Det mörka är borta och jag har sång i blodet! Jag spelar in en cover av låten "Rise up" av Eddie Vedder med raspig röst på en gitarr som Jonas har restaurerat. När jag publicerar den på min kanal driver den in uppskattande kommentarer. Folk skriver att jag är en man med många strängar på min lyra. Så är det. Och det går framåt för mig. Jag har arbetat med min kanal under hela våren. Jag har ommärkt mig. Det var svårt att hitta rätt ton men nu är jag på rätt spår. Borta är alla knasiga konspirationsteorier. Jag har snackat med Dag Streber i telefon. Mitt första avsnitt ska sändas i augusti.

Finns det något mer att glädja sig åt? Ja, att jag har trehundratusen tittare per månad på min relativt smala kanal som numera handlar uteslutande om det svenska statsministermordet. Trehundratusen tittare! Ändå går jag inte runt ekonomiskt. Jag arbetar med mina tankar och känslor dygnet runt och ändå räcker pengarna inte till. Och jag klagar inte. Jag bara ber om donationer. Jag flirtar med tanken att skaffa en egen lägenhet.

Palmemordet är ett kaninhål. Människors törst efter mer kunskap är outsinlig. Det svenska traumat har inte läkt. Jag utövar läkekonst genom mitt arbete.

Trenden pekar uppåt för mig, som någon har skrivit på Flashback. Vad ingen vet är att jag har en ny kamera och nya mikrofoner. Jag köpte det för skadeståndet. Plus snus för ett par veckor framåt och några andra färgklickar åt livet.

Trenden för Jonas pekar också uppåt. Han målar sina tavlor och jag filmar ibland hans arbete. Jag zoomar in på färgerna som han blandar och på figurerna som växer fram på duken. Det sprakar av starka färger. Ibland är det en soldat, ibland en president eller statsminister, ibland ett nedlagt kolkraftverk. Eller som senast, en grå Triss-vinnare som står i en knallgul åker under en blå himmel. "Lyckligt lottad" heter den tavlan.

Ärligt talat ser det ibland ut som något en sjuåring kunde ha målat. Men det säger jag inte högt. Jonas skulle bara säga något snäsigt om att det inte spelar någon roll vad jag tycker.

"Och? Tavlorna säljer."

Mellan raderna i våra snack anar jag att nya horisonter håller på att öppna sig för Jonas. Hans stora mål i livet verkar vara att på nytt få ingå i den mediala värmen. Jag säger det inte högt men jag tror det är uteslutet efter alla grova politiska inkorrektheter som han har spottat ur sig de senaste åren.

Jag och Jonas lever ett avkopplande liv ihop. På kvällarna hänger vi i soffan. Ett vanligt samtalsämne är dokumentären som jag filmar, hans konst eller nyheter som vi har sett på teven. Jonas verkar illa berörd av samhällsutvecklingen. Mer än mig märkligt nog.

"Varför valde du att bli journalist?"

Jonas fråga kommer oväntat, och han låter själv som en journalist när han ställer den. Jag kommer inte på något bra svar och säger att jag inte vet.

"Du vet inte? Jag tänkte vi kunde vara lite seriösa ikväll, Balder. Så vad säger du om min fråga?"

"Jag vet inte vad jag ska säga. Det är inte så ofta jag tänker på den frågan."

Jonas röst är ovanligt torr och tonlös.

"Om jag omformulerar mig: Vad är det roligaste med jobbet som journalist? Vad driver dig framåt?"

"Jag drivs nog mest av viljan att veta mer."

Det är skumt utomhus och ännu skummare i det stora vardagsrummet. Ett par ofärdiga målningar står lutade mot väggen. Jonas sitter tyst en lång stund. När han ställer nästa fråga vill han veta mer om mitt utbildningsval. Jag berättar som det är att det var dags för mig att skaffa en utbildning. Jag hade varit ute och backpackat, gjorde sena anmälningar till olika program på universitetet. Jag kom inte in någonstans. Men så kom jag in på folkhögskolan. Jonas nickar intresserat när jag ger mitt svar.

"Så det var lite en *slump* som styrde dig till journalistutbildningen?"

"Nej. Det skulle jag inte säga. Inte slumpen. Jag har gillat att skriva ända sen gymnasiet."

"Skriva?" säger Jonas förvånat.

"Ja. Det vet du ju."

"Men det låter ändå som att det var slumpen lite som styrde?"

Jag rycker på axlarna. "Vad spelar det för roll? Jag har alltid gillat journalistik."

"Tycker du det är meningsfullt det du håller på med? Att skildra våldet i samhället?"

Jonas ansikte är svårtolkat, men så mycket förstår jag att han är allvarlig och att han väntar på mitt svar. Jag stirrar i väggen utan att komma på något att säga.

"Tror du att du kommer lösa Palmemordet?"

"Du ställer så enorma frågor, Jonas."

"Ja. Jag tycker det är viktigt. Vad skulle en lösning innebära tror du? Vad är en lösning?"

Jag försöker känna efter och låter lite sluddrig.

"Jag måste lösa det för mig själv först och främst. Nå klarhet."

Jonas nickar eftertänksamt.

"Klarhet säger du. Så det är en personlig grej? Hur kan du nå klarhet i ett sånt här fall där ingen någonsin kommer bli dömd?"

"Jag vet inte. Jag har ingen aning."

Jonas växlar spår.

"Var det som du trodde att jobba som journalist?"

Jag blir ännu mer tankfull, men mest av allt är jag trött och förmår inte tänka. Jag säger till Jonas att det är ett ensamt jobb. I alla fall så som jag jobbar. Man måste kunna allt. Spela alla roller själv. Redaktör. Utgivare. Skribent. Research. Rubriksättare. Redigera film. Spela in ljud. Göra miniatyrbilder. Filma klippbilder.

"Klart det inte är lätt", säger Jonas. "Särskilt inte om man ska vara full samtidigt."

En morgon ringer det på dörren. Jag hör Jonas samtala med någon i hallen. Det verkar som att han känner personerna för han pratar länge och låter trevlig på rösten.

Sömndrucken slår jag mig ner vid köksbordet samtidigt som jag dricker dagens första mun kaffe. Plötsligt kommer två främmande personer in. De ler varmt och Jonas visar dem två köksstolar som de kan sitta på. De är båda vithåriga med nästan religiösa ansiktsdrag. Jonas slår ut med ena armen i min riktning och presenterar mig med ett stort leende på läpparna.

"Balder här är Sveriges vassaste journalist. Han arbetar med en dokumentär om mitt liv och arbete."

Besökarna nickar vänligt. Jag inser att de är Jehovas vittnen. Jonas röst blir föraktfull.

"Balder här är ateist. Trots att hans pappa är präst."

Jonas skrattar förundrat och skakar på huvudet samtidigt som jag ser på hans mun att han kommer säga något mer.

"Han är *ateist*. Han tror inte på *någonting*."

Jag skäms av Jonas ord. Sedan följer ett bisarrt samtal – eller snarare en föreläsning – där Jonas ömsom förnedrar mig, ömsom hugger mun med de två vittnena som knappt får en syl i vädret. Hans munväder är spänstigt när han snackar om hur överlägsen han är i jämförelse med mig, att han har reinkarnerats säkert i tusentals år medan jag kanske bara är inne på mitt första liv. Han själv förstår hur livet hänger samman medan jag, kapitalets nickedocka, låter min kropp intas av mediciner, gifter, skit och ytligheter som alltsammans bidrar till att sänka mina testosteronnivåer. Jag är totalt underlägsen, enligt Jonas.

Jag försvarar mig genom att säga att jag inte *vet* om det finns en gud. Det är det enda jag hinner få sagt innan Jonas hugger av och förklarar varför jag är skapad som en underordnad människa som bara ska lyda och varför han på alla sätt står över mig och förtjänar min underkastelse. Han berättar att han själv var med redan i Antiken där han förmodligen var en skådespelare, konstnär eller filosof. Hans talang har sitt ursprung långt tillbaka i tiden och har förfinats genom hundratals återfödslar.

Eftersom Jonas tonläge och energinivå överstiger min blir det som en bekräftelse på hans makt.

All religion baserar sig på skillnaden mellan de upplysta och trälarna, menar Jonas. Ändå är han barmhärtig, trots min eländiga status – en barmhärtig samarit som tar sig an också de vedervärdigaste. Han pekar på mina stumpar under bordet.

När vittnena försöker framföra sin trosuppfattning hugger Jonas av igen och fortsätter föreläsa om eliter och undermänniskor och allt djävulskap som ateismen har medfört i den västerländska kulturen. Jonas säger att det inte ens råder en fri marknad att konkurrera på, utan en fascistisk ateism vilket man tydligt märker som konstnär. Det är inte talang som spelar roll längre utan att man känner rätt personer. De rika roffar åt sig allt och pengarna kväver deras fantasi, produktionsbolagen känner inte ens igen en bra filmidé längre – man kan stånga sin panna blodig utan att det rör dem ryggen.

Jonas säger att världen är på väg in i ett aldrig tidigare skådat mörker där mänskligheten blir allt mer ofri.

Jonas pekar på mig.

"Tänk er att unga soldater, med fru och barn, ska behöva gå i döden för att rädda såna typer som min kompis här. Helt odugliga varelser. Missbrukare av sin frihet. Det är ju helt vansinnigt om man tänker på det."

Till slut tackar vittnena för stunden tillsammans och lämnar huset med flera tacksägelser för att de fick besöka oss.

Jonas ställer sig vid diskbänken med korslagda armar och ler nöjt för sig själv samtidigt som han spanar ut genom fönstret efter vittnena som hoppar in i sin bil och åker iväg.

"Du tog inte illa upp va?"

Jonas tittar på mig och jag fnyser.

"Du Jonas, du är ju ganska nedlåtande ibland."

Jonas ser på mig med en blick som om han måttade mig, och då särskilt mitt inre. Han har en sammanbiten min när han rycker på axlarna.

"Jaja. Nu glömmer vi det och så går vi vidare."

En sen kväll när jag känner mig smått hög på livet kommer jag ihåg en sak som hände för tre år sedan. Jag träffade den där självutnämnda kritikern, Esajas Larsson. En gång när hans kanal var väldigt liten besökte han mig och gjorde en intervju. Vi gjorde också en skämtsam film om mig där jag målades ut som en hemlig agent åt amerikanerna. Han låtsades smygfilma mig, och han filmade mig även när jag köpte skor på second hand inför en dejt. Filmen andades Uppdrag granskning. Den var kul – då.

Jag ser att filmen ligger kvar på hans kanal. På hans hemsida ser jag att han nyligen har gett ut en roman. Han skryter också om att hans arbete med Palmemordet tydligen har blivit uppmärksammat i Gunnar Walls senaste bok, en intervju som han lyckades få till med en polis från den senaste Palmeutredningen.

Jag ber Esajas ta ner skämtvideon med mig och gärna den seriösa intervjun också. Det passerar ett par veckor när inget händer. Filmerna ligger kvar, och jag påminner honom: *"Ta bort det här interna skämtet mellan oss."*

Ingenting händer. Inte ens ett svar. Då lägger jag ut en grej på min community där jag skriver: "Han vägrar ta ner videon" och en bild på hans skämtvideo. Mina följare verkar inte förstå grejen. Då länkar jag till filmen varpå en följare skriver: "Det här är löjligt. Vad är anledningen till det här reportaget?"

Jag svarar: "Att få fler följare. För att inget annat ämne lyckas få någon att intressera sig för honom. Han har precis gett ut en bok som ingen annan än han själv läser. Plus att inga fler följer hans kanal, för att han har inget intressant att komma med. Tänk er bitterheten. En 'författare' som inte skriver något som tillför något. Aouch."

Jag fortsätter: "Pinsamt på alla sätt. Om han hade något eget hade han väl lättvindigt tagit bort det, men han vill tydligen göra någon grej. Att en trettio-fyrtio man lyckats skriven en bok före han lärt sig livet är en bok jag blir sugen att skriva. Typ 'Det gick förjävligt med allt, jag hann aldrig fööstååå ...'"

Stormen blåser över. Inget svar från Esajas.

Nästa storm blåser upp när Oscar publicerar en film där han misskrediterar mitt senaste halvårs arbete med Christer A-spåret. Oscar riktar in sig på Mårten Palmes fantombild som jag har analyserat med ett AI-verktyg på min kanal. Enligt min och maskininlärningens mening är fantombilden slående lik Christer A.

Foliehatten Oscar har i vanlig ordning en hel del felaktigheter i sin video och är dåligt påläst, vilket jag påpekar i hans kommentarsfält. "Men det är nog värre än så", skriver jag till Oscar, "nämligen att du vet detta och snarare försöker misskreditera fakta. Men hur mycket du än försöker så kommer du ha fel."

En av mina egna följare uppmärksammar mig på Oscars video i mitt kommentarsfält. Jag vet inte om jag ska skratta eller gråta. Tydligen är det min roll som journalist att agera mentalskötare.

Jag skriver: "*Haha! Jag lyssnade. Trots att han är dryg och har en överlägsen attityd så vill jag honom väl, och jag hoppas att han får den bästa möjliga vården för sin sjukdom.*" Följaren fattar inte och skriver: "*Sjukdom? Har det hänt något?*"

Jag struntar i att svara. Men min följare är tydligen en följare av Oscar, och han skriver till Oscar att kolla mitt svar. Oscar verkar bli sur, för han skriver: "*Det där är grovt förtal. Han får sluta med sådan smörja. Schysst reporter som representerar en reko podd med en sådan attityd gentemot andra personer. Rännstenen nästa, det är vad jag tror.*"

Jag hoppades att stormen skulle lugna sig men det gör den inte. Oscar lägger upp en gammal film från tiden när jag och han hade kontakt. Jag tolkar publiceringen som en pik riktad mot mig. De efterblivna följarna i hans kommentarsfält tolkar filmen fel – de tror att vi har börjat samarbeta. Jag rycker in på kommentarsfältet och skriver: "*Vi har aldrig samarbetat. Jag testade Oscars teorier och spelade upp de röster han hörde för flera olika personer. Ingen annan hörde de röster Oscar hörde. Förresten är detta nog tre år gammalt. 'Who reads yesterday's news? Nobody in the world.'*"

Oscar skriver att jag gör bort mig. Samarbetet skedde i öppen dager. Tusentals följare såg det.

Jag skriver: "*Jag bryr mig inte om någon undrar vad jag håller på med. Jag går dit spåren leder.*"

En annan följare kontrar: "*Ja, 'vem läser gårdagens nyheter?' sa han som dammsuger väldigt gamla kvällstidningar på sin kanal. Den här ansträngda distanseringen från din tidigare samarbetspartner är ju bara pinsam. Att klanka ner på Oscars jobb nu i efterhand säger mer om vem du är, Balder. Stå för vad du har gjort istället. Tänk på att alla ser. Tänk på trovärdigheten. Och lägg ner trakasserierna mot Christer A. Tänk på 'the wheel of karma'. Det är aldrig för sent att bättra sig. Alla kan göra fel och man lär så länge man lever.*"

Att kika in i Oscars kommentarsfält är som ett studiebesök på rena dårhuset. Folk höjer Oscar till skyarna och kallar honom sin idol. Det är så man vill skratta. Folk frågar om jag har tagit bort materialet från den tiden – och så är det. Jag skriver inför alla att jag har gått vidare. Oscars arbete ledde ingenstans och det insåg jag till slut. Rösterna på LAC-bandet var bara blurr och nonsens. Då får man gå vidare. Jag har tagit ner videorna med Oscar, men också hundratals andra videor från min tidiga karriär som är dåliga och vilseledande.

Snart bedarrar stormen. Man kan äntligen klappa katten i lugn och ro. Vinden susar i träden igen. Spenaten ruvar på mig som vore jag ett ägg på väg att kläckas.

Jag har inte slutat drömma om Stockholm. Jag sitter uppe sent på kvällarna med snuset. Jag läser en ny bok om Palmemordet där Christer A pekas ut som Palmes baneman. Ett par dagar senare intervjuar jag författaren och säljer intervjun till Dag Streber. En annan kväll laddar jag upp ett hundratal klipp med Bob Dylan och Johnny Cash på min kanal. Min tanke är att det kanske kan bidra med lite stabila, långsiktiga inkomster.

Ett par dagar senare kommer ett mejl från plattformen där min kanal ligger. Jag är från och med nu avstängd från att generera intäkter.

Jag stirrar på texten. Den är snårig och ingen finns att ställa frågor till – endast ett faxnummer i slutet av brevet som leder till ett kontor i USA.

All information är motsägelsefull. Plattformen slår ner på en punkt som kallas "återanvändande av material". Vad handlar det om? Efter ett par dagar vid skärmen inser jag att det där med återanvändande också kan syfta på återanvändande av eget material, att man gör filmer som är svåra att skilja från varandra. Användarupplevelsen hos tittarna påverkas negativt. Jaha?

Jag rullar omkring i rullstolen på landsvägarna. Jag tittar på kossor tills jag får ångest.

Jag gör ett inlägg om strypningen av inkomstgenerering. Följarna skickar hjärtan och kräksymboler. Några tror det är "den djupa staten" som ligger bakom katastrofen.

En följare skriver: *"Nu är det dags att skaffa det där jobbet."*

En annan av mina följare skriver: *"Det ordnar sig, fortsätt som tidigare så skall det bli bra!"*

Jag svarar: *"Svårt att jobba som tidigare utan inkomster som tidigare."*

Jag spelar in en video om katastrofen. Folk lovar skicka pengar efter löning. Men vad hjälper det? Det kommer sina som tidigare. Jag tar bort mina musikfilmer. Sedan läser jag i mejlet från plattformen att jag kan överklaga avstängningsbeslutet omedelbart bara om jag *inte* har tagit bort filmerna som jag tror kan vara orsaken till min avstängning. Om jag har raderat filmer så måste jag vänta tre månader innan jag kan ansöka om att generera intäkter på min kanal igen.

Min ångest är större än jag kan bära. Jag är som en insekt som har fastnat i ett nät. Eller så har jag fallit ur nätet. Jag är kvar på nätet, på min kanal, och det är tur. Min kanal är som min bebis. Jag har sått i marken och äntligen fått skörda lite slantar – och nu tar techjättarna bort den möjligheten.

Jonas ger mig sympati. Han påminner mig om mina andra åtaganden, alltså dokumentären. Han har sitt och det går bra för honom. Han reser ofta iväg och säljer sina tavlor. Det är som om han har fått ny glöd i livet. Ibland hör jag honom prata högljutt i telefon när han trugar någon rik människa att köpa en av hans tavlor. Det ligger något skrattretande i hans desperation. Han riktigt spelar på samvetets alla strängar, han låter både allvarlig och självdistanserad i de där telefonsamtalen.

"Din snåle fan!" gnäller Jonas i telefonen. "Du har ju så mycket pengar så du kunde klara dig gott på *en procent* av vad du har. Hör du det? *En procent* hade räckt! ... Jo! Fem tusen spänn för en sargad älg är för fan *ingenting* för dig! ... Nej, du har fel. Vet du, det kommer bli samlarvärde i denna ... Jo! Det är säkert! Det finns nästan inga kvar och inga fler kommer jag göra heller ... Vad säger du?"

Konstigt nog fungerar det. Jonas säljer flera tavlor med sin uppsökande, trugande metod. Och han garvar gott efteråt när han har lyckats kränga en tavla till en rik människa i sin bekantskapskrets.

"Nu får de lite färg i sina trista liv. Och pengarna går till de bättre behövande. Jag är en *god* människa, Balder."

Ibland tänker jag att det delvis är Jonas som är orsaken till min situation. Bara det faktum att jag har associerat mig med honom, en så pass kontroversiell person, med kontroversiella åsikter, gör att det spiller över på mig. Lukten. *Stanken.* Det kanske är kört för mig vad gäller journalistiska uppdrag. Och Jonas kanske räcker som förklaring. Svårare behöver det inte vara i Sverige. Och det är trist. Det är trist men sant att det råder beröringsskräck gentemot folk som umgås med fel personer.

Ett par veckor passerar och jag väntar på min utbetalning från föregående månad. En morgon i slutet augusti upptäcker jag att plattformen har dragit tillbaka min utbetalning, min största hittills på nästan sjutusen kronor. Det går som ett jordskred genom skogen. Hela mitt jag slits itu. Jag skakar inombords. Sedan blir jag rasande arg. Vad är detta för ett helvete till arbetsgivare! Jag har arbetat gratis för en arbetsgivare som drar tillbaka lönen! Vad är det här för samhälle?

Jag sätter mig vid Vättern och spelar in en video om det som har inträffat. Det här är ett hårt slag mot mitt hårda arbete.

"Jag är en objektiv journalist, och jag intervjuar respektabla människor hela tiden", säger jag till mina följare och till plattformen. Ändå får foliehattarna sitta kvar och tjäna pengar på sina kanaler där de sprider konspirationsteorier, förtal och lögner. Jag ser sliten ut på bild men det skiter jag i.

Folk skrattar vid vattnet. Jag är ett svart hål.

Jag orkar inte läsa mina kommentarer på ett par timmar. När jag väl gör det ser jag bara svordomar. Vissa pratar om den djupa staten, fastän jag tydligt och klart har förklarat vad orsaken är. Någon säger att jag ska sluta rösta på sossarna. Någon tycker jag är en pretentiös, självrättfärdig mainstreamclown.

Idioter. De finns överallt. Tyvärr är jag beroende också av idioterna. Jag arbetade gratis en hel månad och blev berövad lön för mitt hårda arbete. Och det finns ingen att vända sig till. Miljoner människor använder och jobbar åt det där företaget, och så gömmer de sig bakom en fax i USA, och det finns ingen facklig organisation.

Det är inget skämt. Det är verkligheten.

Jag läser kommentarer.

"Kanske det är så att det finns de som tycker att din journalistik börjar bli väldigt störande. Själv tycker jag det är fint att det finns folk som bevisar att demokratin just bara är en snygg ridå för något rätt läskigt."

"Balder, du kan inte hänga upp din tillvaro på att folk ska donera några hundra kronor då och då. Techjättarna kan du inte lita på, detta kommer upprepa sig och hända igen. Du är lite för gammal för att inte ha ett riktigt jobb. Det är ingen rättighet att forska i Palmemordet. Det är dags för ett jobb."

"Skandal! Kriga på ändå Balder."

"Diktatur á la DDR."

"Att inte låta någon tjäna pengar på andras upphovsrätt, vad har det med DDR att göra?"

"Balder, du är nära sanningen, så är det om Palmemordet, stora makter."

"Upp på hästen nu och ge oss fler videos! Mer om Christer A, eller bara ge andra foliehattar lite välförtjänt skit."

"Trist Balder, så mkt jobb som du lagt ner. Amerikanska regler som är designade för att all rätt skall ligga på deras sida. Hoppas det löser sig och att du får dina intjänade pengar när monetarise- ringen återgår till det normala."

"Lägg ner, Balder."

Efter ett par dagar skriver jag en uppdatering klockan tre på nat- ten: *"Hej på er alla, jag ska tacka alla. Har bara varit lite slö, legat och kollat på serier och vilat."*

Ett par minuter senare lägger jag till: *"Med 'serier' menar jag dokumentärserier. Inget jag gör är waste of time."*

Mina dagar består inte bara av dokumentärer. Jag bevakar även Flashback, och framförallt tråden om Christer A. Till mitt för- tret baktalas jag av vissa skribenter där. En irriterande användare skriver: *"En av få youtubers som verkligen går att ta på allvar an- ser jag annars vara Esajas Larsson (eller vilket efternamn han nu har), då han gjort en lång rad seriösa, objektiva (vilket jag upp-*

skattar) och pedagogiska videos för oinvigda som mer insatta.
Balder har gjort några bra intervjuer, det ska han ha credd för.
Han borde ägna sig betydligt mer åt sådant, anser jag."

En vecka senare gör jag en film om Flashback-tråden om Christer A där folk kritiserar mig för saker som jag aldrig har sagt. Särskilt några av skribenterna där slänger mycket skit mot mig och dem kritiserar jag hårt.

Jag publicerar filmen. Sedan gör jag en ny kort film där jag påpekar hur tragiska dessa anonyma Flashback-skribenter är när de tycker att jag ska läsa mer böcker och ägna mindre tid åt internet. *"Ut och motionera med er"*, säger jag innan jag stänger av kameran.

Jag får stöd av mina följare. En skriver: *"Ska du göra videos om alla dårar på Flashback så har du content som räcker livet ut."*

Jag svarar: *"Jag vet, första och säkert sista gången jag gör det. Men jag använde det till att göra en video."*

En följare skriver: *"Folk som klagar ser inte det fantastiska i din nyansrikedom. Saklig, ohämmad, kreativ, impulsiv, öppen, driftig. Du är dig själv och bara kör. Att lyckas få ett sådant här ämne att bli så nyansrikt är unikt."*

Kärleken svämmar över.

"Balder, oftast när man blir kritiserad så kommer kritiken från dem som är mindre än en själv. Du är landets bästa och sundaste Palme-spanare som inte svävar iväg."

En annan skriver: *"Instämmer till fullo! Balder är seriös."*

Jag ser att den enerverande Esajas har gjort punklåtar om Palmemordet med hjälp av artificiell intelligens. Jag är också på det humöret. Jag skriver en låt om Oscar och hans vilda fantasier. Hans lögner. Hans tendens att tro att det gömmer sig poliser överallt. Det är kul. Det är humor. Det är en rolig anspelning på att Oscar "hör röster" på LAC-bandet.

Jag publicerar låten. Folk skrattar. Det är komik. Nästa dag gör jag en till låt. Jag låter AI sjunga nya smädelser om tomheten i hans själ och de jättelika konspirationsteorierna som är större än rymden själv.

Vissa kritiserar mig. Andra kommer till mitt försvar.

"Det finns ingen som har lika mycket indicier runt sig som Christer A. De som håller på och försöker trakassera och svartmåla Balder kommer inte lyckas. Eftersom sanningen segrar alltid."

Så är det. Sanningen segrar.

Folk fortsätter sitt kommenterande. En följare skriver: *"Du och Esajas kompletterar varandra väldigt bra, synd att ni inte samarbetar och syns längre. Jag tycker ni är bra på olika sätt."*

Jag svarar: *"Tack! Jag tycker det räcker med mig, det finns inget matnyttigt på hans kanal som inte har sin motsvarighet på denna kanal. Hans kanal är något slags försök till copycat på mitt innehåll. Han tar andras material och sätter sitt namn på det och ger ingen credd till dem han tar ifrån."*

Jag jobbar vidare med Palmemordet. Jag producerar AI-musik. Jag åker till bokmässan i Göteborg för pengar som folk donerar. Det känns bra att vara med i den kokande kitteln där journalister och författare strålar ikapp. Jag spelar in föredrag av Thomas Petersson och Jon Jordås som debatterar Skandiamannen och Christer A som tänkbara Palmemördare. Detta är de stora namnen just nu, och jag får stå med dem bakom scenen en stund vilket gör mig lite fnittrig.

Sedan intervjuar jag en gammal bekant som har skrivit en bok om en galen privatspanare. Vi resonerar logiskt om varför det ologiska vinner spridning på nätet. Mordet på Olof Palme var en stor grej på åttiotalet. En omvälvande händelse. Det vore en skrämmande meningslöshet om en sådan händelse bara berodde på ett hugskott i en ensam människas psyke – därav de stora teorierna och alla foliehattarna.

Några dagar senare ser jag att Oscar reagerar på mina nästan subtila attacker. Han skriver på sin kanal: *"Nytt lågvattenmärke för en viss kanal som är betald för att mörklägga. Kanske bättre att denne satsar på animerade grodor och dålig musik, för journalist är han inte. Sprida lögner och förtala personer, döda som levande, är det enda han är bra på. Synd att inte plattformen där han existerar tar bort sådan skit. Men hans kanal tjänar väl ett syfte att fortsätta sprida felaktigheter och grundlura tittare att en ensam galning sköt Olof Palme."*

En idiot kommenterar: *"Nä, vad ska man göra? Ena dagen tiggare, andra dagen sprutar han ut filmer med tvärsäkra svar på lösningen."*

Fabian Falk av alla skriver: *"Jag förstår vilken kanal som åsyftas. Pengarna går väl till viktig journalistisk 'substans' i mer än ett format. Skönt att vi inte har de problemen, Oscar! Det bästa är nog att bara ignorera den där kanalen. Vi håller oss till vårt! Ta hand om dig, Oscar."*

Dagarna går och kommentarerna öser ner som ett regn.

En snygg tjej som heter Fröken Möller skriver: *"På honom Oscar! Visa honom vem som är kingen."*

Oscar verkar belåten: *"Jag kör mitt race."*

Jag lägger mig i kommentarstråden: *"Fröken Möller, jag tror du hör hemma på min kanal om du söker efter Kingen. Det bästa sättet att hjälpa Oscar på är att undvika att föda honom med uppmuntran som leder till att hans sjukdomstillstånd förvärras."*

Tiden går och jag arbetar vidare. Äntligen har det hamrats in vem som är den trolige mördaren.

Hösten blir kall och rå. Saker händer.

De positiva nyheterna: Jag har fått tillbaka reklamintäkterna på min kanal. Aftonbladet har skrivit en artikel om mitt mångåriga arbete med Palmemordet. Följarantalet har ökat.

Det negativa ...

Det gör nästan ont att skriva det.

Jonas sa en morgon att nog får vara nog, jag hade fått mina chanser. Han sa att dokumentären blev det inget av eftersom jag "prioriterade annat".

"Nu är det nog, Balder."

De där orden kan jag fortfarande höra eka inuti mitt stackars kranium. Och det var som om jag inte var beredd på att det faktiskt kunde hända i verkligheten. Han kände en person, han skulle skjutsa mig dit. Jag kunde ta så många katter jag ville men ut skulle jag. Inga diskussioner. Jag forslades iväg med mitt lilla bohag, mina böcker om Palmemordet, två vildkatter och mina kläder. Jag hamnade i ett hus. Huset var stort och gammaldags och låg utanför Växjö, en stad som jag inte vet någonting om. Rakt ut i ensamheten bar det.

Ensamheten – som jag älskar den! Jag skrev snart ett inlägg om ensamheten till mina följare. Med Aftonbladet talade jag om samma sak. Jag behöver ensamheten – den är bra för mig. "Han bor ensam med vildkatterna", skrev de i artikeln, vilket jag tyckte klingade bra. De fotade mig vid datorn där jag satt och arbetade med Palmemordet.

På sätt och vis går det väldigt bra för mig, trots att Jonas tappade förtroendet för mig. Jag rullar ut på mina promenader regelbundet, eller övar mig på proteserna. När livet och arbetet är hårt belönar jag mig själv så som varje livsbejakare gör.

Och jag tänker på citat av Ulf Lundell: *"Jag spelar inte för Pripps eller Comviq eller Radio NRJ. Jag släpar fortfarande med mej den här idén om att: Ska du göra det här så måste du stå fri."*

Så är det även för mig. Jag gör ingen reklam för någon och jag är inte köpt av någon. Allt jag gör, gör jag på grund av min egen stora nyfikenhet.

Jag delar citatet i mitt flöde.

Idioterna strömmar till likt flugor.

Vardagarna rullar på. Fabian Falk har börjat sprida dynga om mig i flertalet märkliga videos på sin kanal. Varför? Han gör filmer med Oscar också. Det är så skrattretande att se dessa två förvirrade typer snacka tillsammans. Det finns verkligen ingen ände på idioternas idiotier. Min egen kanal däremot är sund. Jag står för fakta och logik. Foliehattarna kan få fortsätta utan mig. Dessa rör mig inte ryggen.

Jag matar katterna, men de är ändå alltid hungriga. Jag har inte råd att mata dem med mjukmat eftersom det kostar att leva.

Julen närmar sig. Jag kommer fira julen ensam, men vad gör det? Jag känner mig inte ensam. Jag *är* ensam, fysiskt, men jag har internet, och där behöver jag aldrig känna mig ensam. Detta är inte åttiotalet. Hade det varit det hade jag nog känt mig ensam. Internet är en välsignelse. Människor förs samman. Man kan jobba på distans.

Lagom till jul spelar jag in en varm och kärleksfull film där jag önskar mina tittare en god jul. Jag säger att min ambition med kanalen är att den ska vara ett rum för logik och respektfulla samtal. Jag respekterar nämligen allas teorier. Särskilt Gunnar Wall och Lars Borgnäs som har skrivit gediget om Palmemordet, utan att jag för den sakens skull håller med dem i deras slutsatser. Min video driver in kärlek – folk älskar mig tillbaka.

Det regnar ihärdigt denna vinter. Den råa luften kryper in i golvspringorna. Jag fryser om fötterna. Jag tar bussen in till Växjö och handlar förnödenheter. Allt är så dyrt. Det nya året när-

mar sig och jag känner mig trött på detta liv på existensmini-
mum. Vad är det värt? Jag tänker ibland på den frågan. Jag gör
en video där jag klargör för mina tittare den hårda verkligheten:
Jag måste nog knega – eller ta ett jobb på en redaktion.

Smällar från fjärran når in till mig. Över skogen blinkar det. Jag
är i en dimma, jag är i regnet. Mina katter kommer in blöta och
sätter sig vid min elektriska eldstad. De kurar ihop sig och försö-
ker sova. Jag ligger på soffan och det dånar långt borta över sko-
gen. Hemska insikter når mig. De säger att jag är ensam kvar
och att tåget har gått. Kvar står jag med alla idioter som aldrig
ens har haft en biljett.

Jag ser att Fabian ska intervjua en poddare i Palmemordet
som är en utbildad journalist, en som brukar stoltsera med sina
journalistiska dygder. Det ryker om mina fingrar när jag lägger
upp en bild på den kommande intervjun. Jag skriver: *"När verk-
ligheten överträffar dikten. Skeptikern och journalisten OCH re-
portern i samtal. Blir underhållning."*

Inom kort skriver en idiot: *"Vad är problemet? Är det att du
vet bäst och har rätt i allt och de andra vet sämst och har fel om
allt? Löjligt att attackera andras åsikter."*

Jag svarar: *"Vad hände med 1700-talets upplysningstid och
framgången där? Föddes du i Nordkorea eller kan du skilja på at-
tack och argument?"*

Det viskas överallt. Det spekuleras. Idioterna viskar till de andra
idioterna. Själv är jag den sansade rösten som försöker ro i land
en lösning på detta eländiga Palmemord.

Men rösterna viskar i trådarna. De säger att jag står där i
mörkret med ett blött finger i luften.

Att jag distanserar mig från tidigare samarbetspartners.

Att jag sparkar nedåt och slickar uppåt.

Att jag är mediakåt som går ut i en kvällstidning med en lösning som andra redan framför.

Att jag solar mig i glansen av större namn.

Att jag känner av trenderna, men att man inte kan tvätta av sig sitt förflutna, för internet glömmer ingenting även om man själv gärna gör det.

Det är kallt i världen och kallt i skogen. Jag postar ett meddelande till alla mina följare: *"Snälla, alla ni som inte har eller aldrig har gett pengar: Kan du inte hjälpa till lite? Efter detta ska jag knega och då behöver jag inget från dig. Det är en unik situation och Palmemordet är nu i princip löst."*

En älskad följare skriver: *"Hur kan du byta denna härliga livsstil på en egen kanal mot ett slavarbete på en redaktion? Jag hade försökt hitta former för att fortsätta med självständig journalism."*

Jag gör ett hjärta och skriver: *"Tack för uppmuntran. Bara trött på att inte veta hur det är att leva ett värdigt liv med en värdig inkomst. Har offrat över fyra år av mitt liv på att gräva och leva i fattigdom."*

Det nya året börjar med en stor händelse. Äntligen släpper Marc Pennartz och Peter Isaksson sin efterlängtade dokumentär som pekar på Christer A som sannolik gärningsman. Fakta är fakta och indicierna är starka. Christer A hade motiv, han hade medel, han hade möjlighet. Jag tittar på dokumentären och känner mig varm inombords, ivern rusar genom min kropp. Ja, banne mig. Vi är färdiga nu, vi är klara, vi behöver inte leta mer.

Jag skriver till mina följare: *"Palmemordet är löst."*

Min känsla säger mig att jag har varit en del i det.

Jag skriver: *"Palmemordet är i princip löst. Jag har bidragit lite till denna lösning och via egen ficka. Vissa av er goda själar har hjälpt till. Men det når inte upp till existensminimum för det. Om du gillar vad jag gjort och gör, hjälp mig genom en ekonomisk gåva."*

En idiot kommenterar: *"Skaffa ett jobb och sluta tigga. Hur lat kan man vara?"*

En smartare person skriver: *"Om alla dina prenumeranter skickade bara 10 kronor i månaden skulle du förmodligen kunna leva på det här. Det borde inte vara omöjligt, särskilt med tanke på att folk spenderar hundratals kronor på alkohol, snabbmat och Netflix varje månad – utan att ens blinka."*

En följare skriver: *"Bör du inte presentera din utredning för åklagare eller polis?"*

En annan följare skrattar åt ordet *"utredning".*

En tittare skriver: *"Totalt uteslutet att Christer A är gärningsman. Man tycker lite synd om alla som inte förstår det."*

En idiot skriver: *"Hur seriöst tror du det här låter för dina tittare? Du har gjort ett intressant jobb med din kanal. Mordet är dock inte löst. Och ja, du får nog skaffa dig ett kneg. Välkommen till verkligheten, Balder Vass!"*

Ett par dagar går. Saker rör på sig i bakgrunden, viskningar och farhågor. Jag skriver till mina följare: *"Palmemordet är nog inte löst."*

Folk där ute tycker jag är kryptisk. Jag låter meddelandet stå kvar ett par dagar innan jag raderar det. Skogen ruvar där ute som en tom kuliss.

Ett inlägg på Flashback handlar om att jag associerar mig med etablerade journalister för att slicka mig in i klägget. Att jag gör det nu när Christer A är i ropet som gärningsman. Att mitt grundproblem är att jag inte skiljer på rollen som journalist och privatspanare vilket sänker min trovärdighet. Att jag förolämpar majoriteten av mina tittare och har gjort mig impopulär i Palmemordets kretsar utan att för den sakens skull komma någonvart i grävandet. Jag stänger datorn med bultande hjärta.

På eftermiddagen kommer det ett brev på posten. Först tror jag att det är ett fönsterkuvert, sådana som jag skyr som pesten, men så känner jag igen farsans handstil och några god jul-frimärken som han har klistrat på.

Fira jul kan vi inte göra längre, men skriva brev går tydligen bra. Och brevet är kraftigt försenat.

"Min son, jag vill med detta lilla brev bara önska dig en god och stilla jul i stugan. Må nästa år bli ett ljust och gott år för dig vad än du tar dig för. Jag beklagar att det inte går att fira jul tillsammans som förr. Varje år beklagar jag detta djupt och hoppas att det ska bli möjligt igen.

Kom ihåg julens budskap. Gud sände sin son till världen, inte för att döma den, men för att frälsa syndare, för att vi ska ha liv, ja liv i överflöd. Gud är vår läkare och vår själs främsta vän. Du kan alltid vända dig till Honom i ödmjukhet och ånger. Han ska aldrig förkasta dig. Även om hela världen stöter bort dig ska Gud aldrig visa bort den som i ånger vänder sig till Honom. Det är ett ord att lita på.

Djävulen däremot, vår själs fiende, han bär fårakläder och vill det värsta för oss. Han lockar oss till ett liv i sus och dus, synder och laster. Han lurar oss att tro att vi blir lyckliga på vägen som leder till olycka. Vilken sorg det är för mitt fadershjärta att se hur han har lyckats lura dig, min egen son! Han är inte din vän. Djävulen är skicklig på lögner och falskhet, skickligare än alla människor, och det krävs Guds beskydd för att stå emot hans lögner.

Jag ber för dig varje dag, Balder. Jag ber för dig morgon och kväll att du ska få upp ögonen för Sanningen så att du kan vända om från din olycksväg. Tänk dig friheten att få leva i den gudomliga, outsläckliga och sanna Kärleken! Vilken rikedom som Gud slösar över sina barn var dag. Och ändå detta istadiga, tjockhudade nej från det förstockade hjärtat som står emot sin Skapares gränslösa kärlek. Det är en gåta hur det hjärtat är beskaffat som vill säga nej till Sanningen och Kärleken. Vem kan leva ett riktigt liv utan Kärleken och Sanningen?

Jag hoppas att du en dag inser välviljan hos mig, trots att det har blivit som det blev denna jul. Läs gärna Julevangeliet och tänk att det gäller dig, personligen. Gud sände sin son till världen för sådana som är förtappade i sig själva. Det är de sjuka som behöver en läkare, inte de friska. Dörren är öppen för dig även denna jul, detta är visst och sant så länge det heter 'idag'. Kasta inte bort erbjudandet. En god jul och ett gott nytt år önskar jag dig, Balder. Hälsningar från pappa."

Jag lägger ner brevet framför den elektriska spisen.

Dagarna fortsätter gå. Beslutet är fattat. Jag meddelar alla mina följare den goda nyheten att jag kommer fortsätta med Palmemordet. Palmemordet inte är löst än. Vapnet är inte hittat. Jag meddelar också en tråkig sak, eller en neutral sak: Huset jag bor i ska säljas. Jag måste alltså flytta. Därför kan det bli tyst om mig nu ett tag. Jag ska städa ur huset. Min plan är att hitta ett billigt boende så att jag kan fortsätta arbeta med Palmemordet. Jag ska även skippa allt vad dejting heter. Nu är det fullt fokus på Palmemordet som gäller.

Mina följare blir glada. De har saknat mig. Jag känner mig uppmuntrad av allt stöd.

En skön följare skriver: *"Starkt att du orkar fortsätta, imponerande att du vågar satsa. Inspirerande!"*

"Du är en bra journalist!"

"Kör på! Ta hand om dig, och lycka till med allt du tar dig för! Må väl, Balder!"

"Trevligt att höra, Balder! Du har en mycket seriös framställan av dina tankar och den info du levererar i dina videos. Jag kommer att stötta dig efter min förmåga."

När jag är borta från datorn kommer det långa kommentarer med andra röster, andra agendor.

"*Dumheter detta, Balder! Gällande Palmemordet så kommer naturligtvis inget avgörande att se dagens ljus 39 år efteråt. Det finns således ingen anledning för dig att fortsätta spänna för rygg. Du behöver en stadig inkomst, och du behöver dejta så att du finner en rekorderlig tjej. Det sista du behöver är att jaga något som inte finns, dvs. ultimata bevis. Du lever fattigt därför att du väljer att leva nere i kaninhålet Palmemordet. Kravla dig upp därifrån, och skapa dig en dräglig tillvaro för dig och din kommande tjej. Sluta leva på tiggeri i en pojkdröm om att Palmemordet kommer att juridiskt lösas. Detta kommer aldrig att ske, och dina prioriteringar ligger därmed åt fanders fel. Vi vet både du som jag att CA sannolikt mördade Olof Palme. Det är en sak att börja, men alla saker har till slut ... en slutpunkt. Detta borde vara din och inte min sak att säga egentligen, men eftersom du är för djupt nere i kaninhålet så måste någon dra dig därifrån. Skit i Palmemordet annat än som ren hobby! Som det nu är försvinner dina möjligheter till en dräglig tillvaro med en kvinna som du älskar. Det är inte värt det, kompis.*"

Jag rensar och raderar bland kommentarerna.

Allt jag äger ryms i en resväska. Det är skönt att leva minimalistiskt. Det är nödvändigt för mitt arbete. Jag kan lugnt dra vidare till nya platser och slå upp bopålarna.

Jag åker norrut. Det regnar underkylt. Ingen sol på himlen. Det här är en vinter som vägrar bli vinter.

På Flashback skriver folk att jag inte bidrar med något eget i fallet Palmemordet, bara återutsänder vad andra har sagt. Det är sura anklagelser, en envis bild som har bitit sig fast.

I början av februari sker det en skolskjutning i Örebro. Den värsta i Sveriges historia. Jag följer med stort intresse utvecklingen och publicerar tankar om dådet på min kanal. Det drar inte lika mycket intresse som min guldkalv Palmemordet. Men ändå, true crime är true crime. Efter ett par dygn blir bilden av gärningsmannen tydlig, och det är skrämmande hur lik han är en viss Christer A.

Ålder vid dådet: 35. Jämfört med Christer A som var 33. Båda var isolerade ensamvargar utan socialt umgänge. Båda hade licens för flera skjutvapen. Upplevdes båda som udda av sin omgivning. Okända av polisen vid dådet. Ingen inkomst under flera år. Inskrivna på kurser som de inte slutförde. Psykisk ohälsa. Båda begick självmord.

Spännande är bara förnamnet! Och det understryker min tes om vem som mördade Olof Palme. En ensam galning.

När jag publicerar mitt spännande fynd kommer det idioter tillströmmande, idioter som tror att de själva är potentiella mördare på grund av det jag skrev. Jag får tillrättavisa, peka på fakta som vanligt – varför läser folk inte det jag skriver?

Då svarar en tittare: *"Man blir faktiskt lite trött på att man inte kan få vara lite av en ensamvarg och lite egen, med egna 'problem', utan att misstänkliggöras, vilket ofta händer upplever jag."*

På Flashback pågår det förnedrande pratet, som om jag vore något slags allmän egendom för folks fria fantasier – som om det gick att analysera en man som står fri och följer de äkta spåren. Hatet står mig upp i halsen ibland. Man blir så trött.

Jag läser inte så noga smörjan som folk skriver. Men det finns en skribent som också verkar vara trött på allt hat. Han skriver:

"Varför allt detta hat mot Balder som person? Ni verkar förutsätta att han har ett reellt val i livet. Jag är själv portad från att kommentera på hans kanal så istället skriver jag mina tankar här.

Vi är flera som med fasa och förtjusning följer Balders utveck-
ling. Hans ambitioner är goda men det räcker inte. Fattigdom på-
verkar integriteten. De journalistiska principerna är vad allt står
och faller med, och där vacklar Balder. Han målar upp sin kanal
som seriös, samtidigt som han publicerar nedsättande låtar och
kommentarer om bondfångaren Oscars mentala status. En redak-
tion skulle kunna sätta lite pli på den otämjda Balder. Men det rå-
der ett järnhårt Moment 22.

Grabben verkar inte kunna samarbeta med folk. Det säger jag
med tanke på alla nedlagda samarbetsförsök genom åren och di-
stanseringar från tidigare samarbetspartners. Det enda jag undrar
här på min kammare är om Balder har någon självinsikt?

Balder sa för några veckor sen att han skulle börja knega på en
redaktion. Det avslöjar för mig att han saknar självinsikt. Jag tror
sanningen är att ingen vill ha honom på en redaktion. Tyvärr. För
han skulle verkligen behöva den strukturen i tillvaron. Men vilken
redaktion skulle vilja anlita ett förvuxet barn som bara drivs av
sitt egna intresse och inte kan grotta ner sig i fall han ej brinner
för? En som försover sig, hoppar av fel buss och ligger en vecka
framför teven utan att producera content? Bättre för självkänslan
då att marknadsföra sig som en seriös krimreporter i svenska fol-
kets tjänst än som en brödsmulejagande trasproletär. Så var lite
snälla mot Balder. Han har faktiskt inget reellt val i livet."

Vilka idioter!

Haters gonna hate ...

I en stor dagstidning publiceras en inkännande intervju med
min gamla vapendragare Jonas. Han säger till tidningen att han
ångrar mycket i karriären. Han har fått ompröva saker. Han sä-
ger att han likt många andra var impregnerad med vänsteråsik-
ter i sin ungdom. Artikeln bär på sympati mellan raderna. Jonas

får komma till tals om mer personliga frågor. Han har liksom blivit en *person*. Han är känsligt fotograferad i Gamla stan.

Jag tar tåget till Stockholm. Under resan dagdrömmer jag mardrömslika bilder om min framtid och jag känner en underjordisk skräck som molar inombords. Jag kanske är brännmärkt för livet på grund av mitt Palmeintresse. Kanske har det kostat för mycket att gå sin egen väg, gräva utifrån egen nyfikenhet. Kanske ses jag som en obotlig kuf i huvudstaden. Kanske är jag brännmärkt av mitt långvariga samröre med Jonas. Kanske återstår bara kyla.

Man kan bara spekulera. Och det vinner man ju ingenting på. Bara ännu mer olycka. Så jag slutar och försöker istället tänka framåt på något positivt.

Jag måste vara realistisk. Jag har slagit in på ett smalt spår där det är svårt att gräva och göra intressanta videor. Folk donerar mindre pengar eftersom jag inte kliar dem i öronen med kittlande konspirationsteorier utan bara med nykter fakta. Det om något är ju ett tecken på min seriositet.

Det som verkligen behövs nu är att hitta vapnet. Jag borde organisera ett gräv i skogen där Christer A hade sin stuga. Jag borde intervjua folk som kände Christer A när han var i livet.

Det blåser kallt i huvudstaden. Jag rullar in på en affär som säljer begagnade kläder. Jag flämtar högt i butiken, för på en galge hänger en blå Tensonjacka av samma modell som Christer A ägde! Jackan är i åttiotalsstuk och blå som telefonkatalogens Stockholmsdel. Jag har nästan inga pengar men denna bara måste köpas! Den ska användas till experiment.

Jag står stadigt på mina proteser när jag drar på mig jackan, jag drar på mig en gubbkeps som jag också hittar. Jag får gåshud. Jag ser ut som Christer A.

Jag tittar bland glasögonen och döm av min förvåning när jag finner ett par likadana stålbågade glasögon som Christer A hade. Jag frågar kassörskan om jag kan få ett bra pris på alltsammans och hon är snäll.

Det känns magiskt att återvända till Sveavägen i dessa kläder. Jag ställer mig vid biografen Grands entré och spanar in. Jag anlägger en "stirrande blick". Folk där inne reagerar, de tittar tillbaka på mig och ser förfärade ut. Jag tar mig söderut, lutar mig fram mot det mörka skyltfönstret där Mårten Palmes Grandman stod efter biobesöket. Det var såhär han agerade, Palmemördaren. Han var ensam. En enstöring ute på promenad en fredagskväll. En stackare, berövad på allt, som råkade få syn på makthavaren som hade bestulit honom på ett värdigt liv. Han såg av en slump Olof Palme gå in på biografen tillsammans med hustrun.

Det var så det var. Tveklöst. Beslutet fattade sig självt. Han hämtade revolvern, återvände till biografen i lagom tid och ställde sig och väntade i skuggorna. Han måste ha känt ruset i kroppen. Han måste ha förstått att han skulle begå århundradets brott. Han kanske inte ens drömde om ett fritt liv mera. Han kanske var beredd att offra sitt allt – sina sista spillror av livet.

Han väntade på Olof Palme. Sedan följde han efter, i skymundan, bland folkvimlet, en sen kväll i februari 1986.

Det var fredag efter löning. Det rådde svinkalla minusgrader. Han följde efter statsministern på avstånd. När Olof Palme oväntat korsade vägen blev han nog nervös. Ändå följde han efter. Stack ner händerna i de djupa fickorna och slöt ena handen kring revolvern. Han gick längs Skandiahuset, stelt och bredbent i snösträngen närmast bilarna. Borrade ner hakan i kragen och dolde sig.

Jag vankar fram på nästan samma sätt i en likadan jacka.

Mördaren måste ha tänkt tusen tankar. När ska jag slå till? Ska jag göra det här framme i korsningen? Han kände kvarteren som sin egen ficka. Han gjorde upp en skiss av flykten i huvudet.

En man med ryggsäck kom gående, freestylesnäckor i öronen. Han verkade inte se på någon annan än Olof Palme. Mördaren passerade porten till Skandiahuset där Stig Engström stod i lobbyn och småpratade med vakterna inför sin vintersemester.

En bit bort vid bankomaten skymtade ett annat vittne, stillastående, berusat, frysande. Nu var stunden inne. Mordet skulle bli verklighet. Korsningen närmade sig. Han passerade det berusade vittnet, ökade hastigheten och hamnade bara ett par steg bakom Olof Palme. Så nära var han att han kunde höra fragment av makarna Palmes lågmälda samtal efter bion. Antagligen såg det för ett par sekunder ut som att han var en i sällskapet. Men sedan kom revolvern fram ur fickan, han stannade till i steget och avlossade det dödande skottet.

Pang. Sverige förlorat. Pang. Stoppa undan vapnet. Iaktta offret i två sekunder.

En fors av socialdemokratiskt blod vällde fram ur munnen på den fallne statsministern. Blodet rann ner på snön och vidare ut över betongen. Kulan var perfekt placerad mitt i ryggtavlan. Statsministern hade fallit som en fura. Ingen rörelse. Inget liv. Mördaren tog några steg inåt gränden, tittade en sista gång på offret och hörde trafiken brusa starkare. Sedan sprang han – sprang för allt han orkade bort mot trapporna där han lufsade upp med sin tunga kroppshydda. Människorna som såg honom hade bara vaga signalement. Jacka. Rock. Mössa. Keps. Inga ansiktsdrag.

Han skulle fortsätta ha tur. Tur på polisens inkompetens. Tur på att spaningsledningen plockade fram fel motiv ur alla de tusen motiv som Stockholmsnatten gömde. Han tog sig andfådd upp för trapporna, korsade Malmskillnadsgatan och sprang ner för David Bagares gata och försvann i Stockholmsnatten.

Han försvann i själva verket mot Humlegården innan han tog sig hem till sin lägenhet. Han hade nog svårt att sova den natten, han kunde nog inte sitta still, han kanske drack några glas för att hålla nerverna samman.

Men han lyckades hålla tyst. Han fick brev från polisen om att de ville provskjuta hans revolver. Han dök inte upp.

Hans dåd satte griller i huvudet på en hel nation. Folk skulle slita sitt hår, sätta på sig foliehattar, offra sina karriärer, pensioner och hela liv på att bevisa just *sina* konspirationsteorier.

Poliserna skulle misslyckas med allt liksom de flesta av privatspanarna.

Flera år senare skulle den sannolika mördaren mörda sig själv när polisen knackade på hans dörr.